LYDIA,
OU
MÉMOIRES
*DE MILORD D***.*

SECONDE PARTIE.

CHAPITRE PREMIER.

*Arrivée de Milord D***, à Londres. Il trouve un ami dans le Lord* Mervill.

CE fut à-peu-près vers le milieu de l'Automne, que je fis mon entrée dans la célebre Capitale d'Angleterre : c'est-à-dire, dans la saison où tous ceux qui en ſont ſortis ſans goût, y reviennent de même, uniquement pour ſe conformer à la mode, qui ſoumet les gens du bel-air à s'aller périodiquement ennuyer tous les ans à la campagne, ſoit faute d'avoir mieux à faire, ſoit pour épier les manœuvres des factions * qu'on peut avoir à redouter.

Mes premiers ſoins, en arrivant, furent entiérement conſacrés à ma *Lydia.* Mais toutes mes recherches n'aboutirent qu'à me procurer de nouveaux chagrins, par l'impoſſibilité reconnue de pouvoir découvrir ni ce qu'elle étoit devenue, ni ce qu'elle étoit en effet.

Les accès de mélancolie, que l'inutilité de mes perquiſitions re-

* Chacun prend parti, en Angleterre, dans l'élection des Membres du Parlement. Et c'eſt à la campagne où l'on eſt à portée d'éclairer de plus près les différentes factions.

nouvella, m'inſpirerent enfin l'idée d'y chercher quelque ſoulagement, en me livrant aux diſſipations dont une ville comme Londres eſt toujours ſuſceptible, ſur-tout pour un jeune homme de mon rang & de ma fortune. Le remede me parut doux, & je l'adoptai ſans réſerve.

Lydia n'en regnoit pas moins au fond de mon cœur. Mais la ſurface de mon imagination, ſans relâche occupée de mille objets auſſi brillans qu'agréables, prenoit aiſément l'ombre pour le corps, tandis que le feu de la jeuneſſe donnoit au plaiſir qui m'entrainoit pour le moment, l'air & preſque le jeu d'une paſſion véritable.

A mon arrivée à Londres, un grand conſeil s'étoit tenu entre mes quatre tuteurs, pour ſavoir s'il étoit convenable ou non, que je commençaſſe par voyager.

Le Comte de*** étoit d'avis, que je ne perdiſſe pas un inſtant pour me procurer cet avantage, qu'il regardoit comme la bâſe du mérite d'un jeune homme de mon rang.

M. Plumby fut de l'avis du Comte ; en ajoutant, d'un ton ſentencieux, qu'il falloit voyager, ou ſe borner à ſa fortune acquiſe, ainſi qu'aux talens limités de ſon pays. Il n'avoit pas tout-à-fait tort ; car, quoiqu'il n'eût jamais été qu'à la côte de Barbarie, il étoit parvenu, (en qualité de ſimple commis d'un Marchand de *Tripoly*) au point d'y jetter les fondemens de la fortune dont il jouiſſoit.

Sir John Kingward, avec plus d'apparence de raiſon, objecta cependant, que pour voyager avec fruit, il falloit tout au moins être en état de réfléchir ſur le gouvernement, les mœurs, & les différens usages des nations & des pays que l'on veut parcourir. Mon âge, à son avis, n'étoit point encore assez mûr; je ne pouvois avoir acquis tout le jugement nécessaire pour des observations d'une telle importance. Il s'appuyoit enfin, sur l'exemple de nos jeunes & brillans voyageurs, dont les acquisitions superficielles ne lui donnoient qu'une très-mince idée de l'utilité de ces sortes de courses, uniquement consacrées par la mode; & qui, au fonds, ne procuroient à la plupart d'entr'eux, que le plat ridicule d'unir à leur sottise nationale, beaucoup d'impertinences étrangeres.

Sir Paul Plyant, enfin, fut de la même opinion; non pas peut-être qu'il pensât qu'elle fût la meilleure, mais elle avoit été proposée la derniere; & c'est, aux yeux de bien de gens, un titre pour fixer la ſeur.

Sur ce conflit de ſentimens, ce fut à ma tante à parler; & *Lady Bellinger* ne balança pas un inſtant à prononcer l'arrêt, qui me retenoit auprès d'elle.

A mon égard, j'étois ſi peu décidé ſur le choix, que je me conformai ſans peine à celui de ma tante; j'en pris même occaſion de lui marquer, à peu de frais, ma complaiſance & mon reſpect pour ſes deſirs.

Ainſi, fixé pour quelque temps à Londres, je m'affermis dans la réſolution d'en bien employer les momens.

Heureuſement pourtant, que parmi toutes mes folies, celle du *Jeu* n'avoit aucun attrait pour moi. Quoique je fuſſe encore mineur, on ſut bientôt que les bontés de ma tante, & l'indulgence de mes tuteurs, me laiſſoient la diſpoſition de preſque tous mes revenus, & je ne tardai pas à me voir accueilli & obſédé par les plus célebres eſcrocs de la Capitale.

Depuis le fameux Lord *Wiskem*, juſqu'au *beau* M. *Hedge*, (qui dut ſa premiere fortune au *Jacobus* * qu'un étranger lui donna par mépriſe, pour l'avoir éclairé en ſortant de la Comédie) tous s'empreſſoient à me faire la cour. J'étois pour eux un pigeonneau d'autant plus attrayant, que ſortant à peine du colombier, tout en moi ſembloit annoncer une proye auſſi aiſée que profitable.

Mais ſi cette eſpece de gens n'eſt pas plus à craindre en effet

---

* Une Guinée, frappée au coin du Roi *Jacques*.

qu'elle me le parut alors ; je ſerois tenté de penſer, que le cri général qui s'éleve par-tout contr'eux, leur fait peut-être trop d'honneur, & que tous ceux qui ſe prennent dans leurs filets, ont bien mérité d'y tomber : car, quoique neuf encore autant qu'un campagnard pût l'être, ils me tâterent vainement. Leur magnificence affectée, & ce brillant extérieur ſi néceſſaire à leur commerce, ne m'en impoſerent jamais. Leur complaiſance même, leur ſourire apprêté, leurs déférences éternelles & tous leurs faux dehors de politeſſe, n'étoient pour moi qu'un maſque tranſparent, à travers lequel je liſois toute leur infamie. Des miſérables qui n'agiſſoient que par des principes ſi bas, s'efforçoient vainement de copier cette franchiſe auſſi aiſée que noble, & cet air naturel qui diſtingue

tingue une ame bien née. Je ſentois par inſtinct, leurs inſidieuſes approches, & ma vanité ſouffroit tant, de me voir regardé comme aſſez ſot pour tomber dans de tels traquenards, que je gardois peu de meſures avec ceux qui me les tendoient.

Mon inclination m'entraîna donc entiérement du côté des femmes. Ce que j'avois déja connu de la douceur de leur commerce, ainſi que des plaiſirs qu'il m'avoit procuré, leur donna ſouverainement la préférence ſur tout autre genre d'attachement, & je n'avois plus d'autre embarras, que celui du choix.

Auſſi sûr de les aimer toutes, que de n'en aimer véritablement aucune, puiſque *Lydia* avoit épuiſé en moi tous les ſentimens de cette paſſion ; je me bornai à ſatisfaire uniquement aux deſirs attachés à mon âge. Nous arrivions à peine à Londres, & j'avois déja parcouru tout l'ennuyeux cercle des visites, des affaires, & des devoirs de bienséance, quand je me vis à portée de me livrer à mon penchant. Et ce n'étoit pas sans efforts, que je m'étois contraint pendant ce très-court intervalle !

Pour mettre à exécution le plan de mes plaisirs, je sentis, assez sagement, que j'avois besoin d'un ami, ou tout au moins d'un confident plus éclairé que moi & qui connût mieux le terrein. La difficulté n'étoit pas de le trouver ; j'en connoissois plus d'un, qui n'auroit pas mieux demandé. Mais il falloit faire un bon choix. Le hazard seul le décida en faveur du Lord *Mervill*, garçon aimable, de mon âge, & dont le pere étoit le meilleur ami de son fils ; qui tous les deux ne ſe gênoient en rien, & qui penſant tous les deux noblement, ſervoient également d'exemple aux peres & aux enfans dont ils étoient connus.

A cet âge, où la plupart des jeunes gens ne connoiſſent du monde, au plus, que les dehors, *Mervill* en connoiſſoit à fonds tout ce qu'il étoit poſſible d'en connoître. Nul n'étoit plus au fait de ſes différens genres d'amuſement & n'avoit plus approfondi ſes ridicules. Mais, doué par la nature de cette bonté d'ame, preſque toujours inſéparable du bon ſens; de ſon goût pour les uns, naiſſoit ſon indulgence pour les autres. Sa complaiſance naturelle étoit dégénérée (peut-être par réflexion autant que par ſentiment) en une eſpece d'apathie aimable, qui l'empêchoit, vû la peine & l'inutilité de la choſe, de contredire les idées & moins encore les goûts de ſes plus familieres *connoiſſances*. Auſſi, en avoit-il autant qu'il avoit peu d'amis; quoique perſonne, en vérité, ne méritât mieux d'en avoir. Car, s'il cédoit preſque toujours à l'opinion d'autrui, ce n'étoit jamais qu'avec une ſorte de dignité qui le rendoit encore plus cher à quiconque le connoiſſoit. S'il ſe riſquoit à donner un conſeil, c'étoit avec tant de douceur, tant de ménagemens pour l'amour-propre, & des égards ſi délicats, que le conſeil en paſſant par ſa bouche y devenoit un ſentiment, & perdoit cette eſpece d'amertume, que nos meilleurs amis ne nous épargnent pas toujours, & que notre amour-propre a tant de peine à digérer.

Trop judicieux pour s'oppoſer à des penchans, dont lui-même

étoit ſuſceptible, il ne ſentoit pas moins tous les dangers que l'on affronte, en s'y livrant aveuglément; & les idées qu'il avoit de l'amitié, étoient trop élevées, pour refuſer à ceux qu'il daignoit honorer de ce ſentiment, tous les ſecours de ſon expérience. Ils étoient sûrs de n'être point abandonnés, d'être toujours guidés par lui; mais jamais au-delà des bornes que preſcrivent la décence ou l'honneur. Dès qu'il croyoit trouver en eux trop d'indocilité ſur quelques points eſſentiels ſoit à leur gloire, ſoit à leur fortune, & même en certains cas, à leur ſanté; il ne rompoit pas bruſquement, mais il ceſſoit inſenſiblement de les voir. Sa morale étoit relâchée, mais ſon cœur étoit excellent; ſon amitié enfin, pour la définir d'un ſeul mot, eût été celle d'un *Mentor*, ſi ce *Mentor* n'eût pas été trop doux.

Je commençai donc par être associé à ses plaisirs ; & j'eus, avec le temps, l'honneur d'être un de ses amis.

Trop éclairé, pour ne pas entrevoir mes dispositions à la fatuité, & pour ne pas sentir qu'il les combattroit vainement, en heurtant de front ma foiblesse; il parut d'abord s'y prêter, & m'en fit d'autant plus aisément adopter tous les avis & les instructions qu'il crut propres à me sauver un mauvais début dans un monde, où les premiers pas sont toujours décisifs.

Ce fut sous sa direction, que pour parer aux inconvéniens de ma demeure chez ma tante, & pour me garantir des rendez-vous un peu trop hazardeux, je fis louer dans un Fauxbourg une maison, petite, mais commode, assez joliment ornée, & dont je confiai le soin à un domeſtique au fait de cet emploi.

C'eſt dans cette aimable réduit, d'ailleurs abondamment pourvu de tout ce que le luxe & l'aiſance ont inventé de plus voluptueux, que nous allions ſouvent, avec des perſonnes choiſies, goûter ces plaiſirs vifs, que nous imaginions chercher en vain ſous les lambris dorés de ces pompeux appartemens, trop ſpacieux, en plus d'un ſens, pour que ces plaiſirs mêmes ne fuſſent pas ſouvent dans le cas de s'y trouver égarés. La politeſſe, ainſi que la décence & le goût, préſidoient toujours à nos fêtes, & leur donnoient ce je ne ſais-quoi de piquant, que n'a pas la volupté même, auſſitôt que l'une ou l'autre l'abandonne.

A peine étions-nous établis, lorſqu'il me ſurvint une aventure, que je puis appeller ma premiere campagne de ville.

CHAPITRE II.

MISS WILMORE.

Troisieme aventure.

J'ÉTOIS à la Comédie, avec *Mervill*, lorsque la porte de notre loge, ouverte avec fracas, offrit à mes yeux une femme, qui loin d'être menée par un cavalier, paroissoit traîner à sa suite un jeune homme bien mis, dont la figure pâle, & décharnée, me fit presque frémir.... Ah! c'est vous, *Mervill*, s'écria-t-elle (en quittant brusquement la main de son cavalier, pour se placer auprès de mon ami) que devenez-vous donc?... Avez-vous abjuré l'*Opéra?*... Dans quel quartier êtes vous-enterré?... Donnez-moi votre boîte.... A propos! comment fites-vous l'autre ſoir chez *Milady Drumly?* Perdîtes-vous, gagnâtes-vous beaucoup?...

Tout ceci, parti d'une haleine, & d'une volubilité dont je n'avois pas vu d'exemple, me déſigna d'abord quelqu'un qui voyoit *bonne compagnie.*

Mon compagnon, qui jouiſſoit de mon étonnement, liſoit dans mes regards combien je deſirois ſavoir quelle étoit cette *originale;* & sûr que ſon nom ſeul me l'apprendroit; il lui dit, en s'inclinant d'un air auſſi froid que diſtrait: c'eſt, je crois, *Miſs Wilmore*?... en vérité, je ſuis charmé de vous revoir.... Et j'admire votre ſanté!

Ceci, comme on le voit, répondoit au mieux aux queſtions de la Dame; qui, alors occupée à parcourir des yeux tout le ſpectacle, avoit totalement oublié mon ami.

Mais voyant qu'il me parloit bas, & le tirant tout-à-coup par la manche, à qui parlez-vous là ? dit-elle, d'un ton aſſez haut pour être entendu des galleries. Sur la réponſe de *Mervill*, elle fixa ſur moi des yeux que ni ceux de l'aſſemblée attentive à cette ſcene, ni les miens même au moment où je m'en apperçus, ne purent un inſtant déconcerter. Alors, *Lady Wilmore*, (car c'étoit elle) avec un air de liberté ſupérieur à tout ce qu'on pouvoit penſer de ſes motifs, ſe leve bruſquement, force *Mervill* à lui céder ſa place, & s'établit entre nous deux.

Unique enfant d'un pere trop aveugle, il l'avoit laiſſée, en mourant, maîtreſſe d'un gros bien & en état de prétendre aux plus grands partis du Royaume. Mais, livrée à l'impétuoſité de ſes paſſions, ennemie née de toute eſpece de contrainte & de formalités, elle avoit déteſté ſur-tout celles du mariage; & *Miſs Wilmore*, pour en connoître les myſteres, avoit ſu ſe paſſer de ſes cérémonies. Sa curioſité bien ſatisfaite ſur ce point, & affermie dans ſa réſolution par la plus brillante fortune, elle ſe promit fortement, de n'avoir rien à démêler avec un engagement d'autant plus redoutable à ſes yeux, qu'il pouvoit lui donner un maître. Ajoutons à ceci, que le mépris réfléchi qu'elle avoit pour ſon propre ſexe, lui en avoit fait ſecouer tout ce qu'elle appelloit les préjugés; qu'elle s'étoit déclarée hautement, pour la liberté ſans limites; & que bravant les uſages reçus, qu'elle imputoit à la tyrannie des hommes, elle n'avoit pour eux d'égards qu'autant que l'intérêt de ſes plaiſirs vouloit qu'elle en parût avoir. Son indifférence, au ſurplus, pour l'opinion du public, étoit ſincere, & ſoutenue avec une fermeté, qui dans toute autre cauſe, eut fait honneur à *Miſs Wilmore.*

Que bien des femmes, dans le cœur, ſoient cyniques ſur la morale; on peut, je crois, le préſumer.

Que ce vice ſoit général, dans un ſexe évidemment formé pour le bonheur de la ſociété; c'eſt ce qu'en vain on prétendroit fonder ſur la nature, ou ſur l'expérience.

Mais qu'une femme, en affichant ce caractere, ait ou l'adreſſe ou le talent de le ſoutenir avec grace; on tenteroit, je crois, plus difficilement encore de le prouver.... *Miſs Wilmore*, en tout cas, n'eût-elle pas ſervi d'exception à cette obſervation générale ?

Car le premier uſage qu'elle fit de ſa liberté, fut de ſe livrer toute entiere à ſon goût pour la galanterie ; ſans exclure, pourtant, aucun des autres genres de plaiſirs capables de flatter ſon inclination, ou ſon caprice. Affranchie, & ſans aucuns, ménagemens du joug des bienſéances, on la vit tour-à-tour livrée au jeu, à la table, à la chaſſe & à tous les plaiſirs bruyants, avec l'effronterie & l'air d'un jeune académiſte.

Il eſt vrai, que dans ces ſortes d'équipées, ſon choix du moins tomboit aſſez ſur ceux dont la complaiſance & les mœurs lui étoient aſſez connues pour n'avoir à redouter de leurs tendres empreſſemens que ce qu'elle eût bien voulu leur permettre. Car, à travers tout ce que ſa conduite offroit aux yeux d'irrégulier & de choquant, elle gardoit, au fonds, quelqu'ombre de décence. Il n'en étoit cependant pas moins naturel à celles de ſon ſexe, à qui plus d'éducation avoit preſcrit d'autres idées, d'être indignées des procédés de *Miſs Wilmore*, & de fulminer par-tout contre elle une eſpece d'excommunication civile. Mais, loin d'y paroître ſenſible, elle croyoit devoir s'en applaudir ; & d'autant plus ſincérement que les plus décriées, & celles dont l'hypocriſie avoit peine à couvrir l'opprobre, étoient les plus déchaînées contre elle. Sur quoi la tranquille *Lady* diſoit quelquefois aſſez plaiſamment : *que ſes défauts étoient nombreux ; mais qu'avec un de plus encore, on la haïroit beaucoup moins.*

Les plus hardies enfin l'évitoient

par politique, & les timides la fuyoient de bonne foi. Sa perſonne avoit cependant un peu ſouffert de ſon trop d'indulgence pour ſes paſſions. Ses excès réitérés l'avoient preſqu'entiérement dépouillée de ces graces modeſtes & de cette aimable délicateſſe, qui diſtingue & embellit toujours le ſexe. Cet air pourtant ne lui meſſéyoit pas, & ſembloit à mes yeux bien moins choquant, que l'air efféminé dans les hommes. Sa taille étoit auſſi noble qu'aiſée, ſes yeux brilloient d'un feu très-vif; & ſans qu'on sût préciſément pourquoi, (ſur-tout lorſque le feu des paſſions laiſſoit ſa tête libre) on ne pouvoit long-temps la fréquenter, ſans la trouver aimable.

Mon ami la connoiſſoit bien, & l'auroit pu connoître mieux encore. Mais la façon dont il l'avoit entrepriſe, l'air conquérant qu'il avoit affiché dès ſon début, avoient trop allarmé la vanité de *Miſs Wilmore*, peu faite à ſe voir ainſi priſe par inſulte, & réduite à la défenſive : au lieu qu'en s'y prenant tout autrement, *Mervill* eût pû la voir jouer auprès de lui le rôle d'agreſſeur.

Comme il s'étoit retiré dans l'inſtant, & que ſes vues ſur elle avoient été des plus légeres ; quelques jours d'abſence avoient fait oublier, peut-être même pardonner ſon attentat: & *Miſs Wilmore*, en le retrouvant à la Comédie, l'avoit traité comme un ami de tous les temps.

Soit qu'un nouveau viſage eût toujours quelques droits ſur elle, ou qu'elle n'eût pas contre moi les motifs de prévention qu'elle avoit eus contre *Mervill* ; tous ſes égards me furent prodigués. Nous causâmes bientôt, comme d'anciennes connoiſſances : car, il n'eût pas été décent d'écouter les Acteurs, & les faux airs m'étoient déja trop familiers, pour ne pas ſeconder la Dame, en me livrant à ſes avances, au riſque de donner une ſcene à l'aſſemblée.

Mervill fit la moue, ſe mordit les lévres, & me fixa dix fois en vain. Je regardois *Lady Wilmore*, avec étonnement ; ſon caractere & ſon audace me plaiſoient : c'étoit, dans ſon eſpece, une héroïne, & je trouvois que ſa figure même avoit droit de prétendre à plaire, ou tout au moins à amuſer. Quant à ſon triſte compagnon, il n'offroit à mes yeux, qu'un de ces *Sigisbés* bannaux, que l'on quitte & reprend ſans conſéquence ; & qui, probablement, ne prétendoit à rien de plus qu'au ſuprême honneur d'être vû en public avec la Dame, en qualité de ſon très-humble & très-innocent ſerviteur.

Dès que la piece fut finie, *Lady Wilmore*, en me prenant la main, me pria de l'accompagner juſqu'à ſon carroſſe ; & je dis à *Mervill*, aſſez haut, pour qu'elle-même l'entendît, que j'allois venir le reprendre. Ainſi la Dame eut, tout au plus, le temps de m'inviter à venir paſſer la ſoirée du lendemain chez elle ; à quoi je conſentis, & avec un air d'empreſſement, dont elle dût être flattée.

Ce préliminaire arrêté, je courus rejoindre *Mervill* qui me félicita, d'un air ſournois, ſur l'éclatante dignité d'une conquête qui, diſoit-il, alloit donner les plus hautes idées de ma délicateſſe & de mon goût. Mais, il me railla ſans ſuccès. Cette folie, & ſans que je ſuſſe pourquoi, s'étoit emparée de ma tête. A l'égard de mon cœur, *Lady Wilmore* me le laissoit dans un état on ne peut plus paisible.

A l'heure convenue, je me rendis chez elle, & ne fus point trompé dans mon attente. Elle étoit seule, & dans un négligé galant. Quoique sa vue ne m'inspirât pas plus d'amour, que de respect, je sentis cependant, qu'elle méritoit mes desirs.

Après les premiers complimens, je pris poste dans un fauteuil, où j'étalai nonchalamment & ma figure & tout ce qui la décoroit.

Miss Wilmore, quoique réellement fort au-dessus de la foiblesse d'être flattée par mes grands airs, avoit cependant des vues assez solides pour ne pas me les pardonner, en faveur du goût qu'elle avoit pris pour ma personne. On apporta la table à thé, cérémonie indispensable chez les Dames dans les visites de l'après-midi ; & cet usage est très-utile : il en est comme du vin parmi les hommes, pour ouvrir & engager la conversation.

J'en profitai bientôt, & pour me conformer à ce ton de liberté qu'on lui attribuoit, je débutai par parler assez clairement pour la mettre à portée de s'expliquer. Mais, en partant de la bénignité, qui lui faisoit quelquefois épargner à ceux qui lui plaisoient l'embarras même des avances ; il me parut fort étonnant non-seulement de la trouver modeste, mais de l'entendre soupirer, en me dérobant quelques larmes ! . . . .

Oh ! pour le coup, ç'en étoit trop ; & j'en fus si fort indigné, que sans lui dire un mot de plus, je pris gravement congé d'elle, avec la révérence la plus humble, & me sauvai, en éclatant de rire.

CHAPITRE III.

*Suite de l'aventure de Milord D***, avec Miſs Wilmore.*

A MON retour chez moi, je réfléchis ſur cet événement, & m'applaudis, puiſqu'il me ſembloit certain qu'on avoit voulu me jouer, de m'en être ſi bien tiré. Quelle honte, en effet, & quel ridicule pour moi, ſi *Miſs Wilmore*, en abuſant de ma crédulité, m'eût fait ſoupirer à mon tour, uniquement pour m'immoler ſans doute aux railleries de ſes amans, & de la ville entiere !

A quel propos pourtant, me dis-je, (en y penſant plus de ſang froid) ſe fut-elle aviſée de me choiſir par préférence ?.... Moi, ſur-tout, qui jamais ne l'avois offenſée, & qu'elle ne connoiſſoit pas ? Quel eût été ſon but, en m'irritant ſi gratuitement contre elle ?... Avoit-elle pû préſumer que je ne la connuſſe point ? Et *Mervill*, en tout cas, n'étoit-il pas cenſé m'avoir inſtruit ? ... D'ailleurs, pouvois-je ſuppoſer que mon ami, que ce *Mervill* enfin que j'eſtimois autant que je l'aimois, eût voulu ſe prêter à cette indigne trahiſon, pour plaire à *Miſs Wilmore ?*

Que penſer donc en pareil cas ?... Mon amour-propre me l'apprit. *Lady Wilmore*, après avoir longtemps cherché l'amour, pouvoit enfin avoir trouvé l'objet qui ſeul eût droit de la rendre ſenſible ; & cet honneur avoit pû m'être réſervé. Ce n'étoit pas pour la premiere fois, qu'une coquette avoit été ſubitement fixée. *La Fontaine* nous l'a prouvé *. Et malgré toute sa conduite & ses déportemens passés, *Miss Wilmore* étoit femme; elle avoit pû facilement imaginer, que le sentiment du mépris qu'inspiroit à son caractere, avoit pû fonder ce que mes procédés pour elle avoient eu de trop offensant. Elle en avoit gémi, sans pourtant oser me le dire; elle avoit craint, en me disant la vérité, d'offrir à ma critique un personnage hors de la vraisemblance... & javois eu la cruauté de l'insulter en la quittant!... Je l'avouerai, cette idée me toucha. *Miss Wilmore* devenue tout-à-coup, & pour moi seul, réservée & timide! Un tel prodige avoit bien droit de me flatter. Et quels que fussent ses motifs, c'étoit du moins me distinguer de ses autres amans.

---

* Dans son Conte de la *Courtisanne amoureuse*.

Il n'en fallut pas plus, pour me déterminer à la revoir. Moins elle s'attendoit à ma visite, & plus elle parut surprise, en me voyant, tout-à-coup, à ses pieds, lui demander assez légérement pardon de mon impertinence de la veille. Elle en fut d'autant plus troublée, que pour sonder ses dispositions, je ne lui cachois point les miennes, & poussois mes entreprises au point d'être sûr de lui plaire, au cas qu'elle eût pour moi quelque penchant, ou de déconcerter son plan, si son seul but étoit de me jouer.

Miss Wilmore, partagée entre la crainte de me déplaire, ou de me mettre dans le cas de la mépriser, se vit quelque temps combattue; puis, s'arrachant tout-à-coup de mes bras :

Je sens, *Milord*, s'écria-t-elle, & je mérite trop la façon dont vous

me

me traitez, pour que j'oſe m'en plaindre ; & qui plus eſt, pour vous cacher, que ces deſirs que vous me laiſſez voir, avoient été précédés par les miens. Je dois également vous avouer, que ma confuſion & mes regrets, naiſſent uniquement de la douleur de me ſavoir ſi peu digne de votre eſtime. Ce ſentiment (je le ſens trop!) doit vous paroître un peu ſuſpect. Mais, quoique mes diſcours & ma conduite même ayent juſqu'ici pû faire pour le décrier ; je mépriſe encore trop les faux dehors de la bienſéance, pour rien feindre avec vous de ce que mon cœur ne ſentiroit pas..... Puiſſiez-vous, après cet aveu, me rendre aſſez juſtice pour penſer, que ſi jamais je ne cédai qu'en impoſant mes propres loix, je céde maintenant à mon vainqueur, & me ſoumets abſolument aux vôtres.... Et que si mon caractere, ainsi que mes égaremens, vous sont connus; ma facilité même, en cet instant, où tout mon sort dépend de vous, doit avoir à vos yeux quelque mérite. Vous seul enfin avez pû changer des motifs ci-devant dictés par les sens, aujourd'hui prescrits par un cœur qui ne connoît plus d'autre espoir que celui d'intéresser pour lui votre pitié.

Miss Wilmore, emportée par sa franchise, eût probablement continué long-temps encore sur ce ton, si je n'avois eu que de la vanité. Mais j'étois vain, sans être barbare, & trop touché de sa tendre confusion, pour ne pas y mettre fin, en lui fermant la bouche de façon à la rassurer sur ses craintes.

Ce fut alors que *Lady Wilmore*, aussi vive dans ses desirs que timide à les exprimer, sembla craindre & souhaiter également de me prouver la vérité d'un sentiment qu'elle éprouvoit pour la premiere fois, sans pouvoir ni le contenir, ni le produire, après l'avoir prodigué, &, pour ainsi dire, usé toute sa vie, sans le connoître.

Le changement qu'un plaisir si nouveau pour elle, avoit mis tout-à-coup dans ses idées, & jusques dans son caractere, donnoit à ses caresses une expression que la sensualité la plus rafinée n'imita jamais. Je la vis répondre aux miennes, avec une tendresse si naïve & des transports si naturels, que je lui retrouvai toutes les graces de son sexe; au point que dans les bras d'une femme perdue, j'imaginois jouir de la tendre timidité d'une amante à sa premiere passion.

Le souvenir amer de ses égaremens paſſés, le vuide affreux qui les accompagnoit toujours, les remords qui lui en reſtoient, le regret douloureux de n'avoir pas connu plutôt les plaiſirs qu'elle éprouvoit, celui d'en avoir enfin rencontré l'objet, le bonheur de le poſſéder, la crainte de le perdre, la douleur de le mériter ſi peu; cette confuſion d'idées ſi nouvelles pour *Milady*, & qui peignoit en mots entrecoupés le déſordre d'une ame tantôt élancée hors d'elle-même, tantôt accablée de ſes propres efforts, préſentoit cependant diſtinctement chacun de ces tableaux, avec cet ordre & cette touchante énergie, que la chaleur & la vérité de l'ame peuvent ſeuls donner & ſaiſir.

Les cœurs s'entendent sûrement; car ces images, impétueuſement tracées par le feu de la paſſion, paſſoient même quelquefois ſans le ſecours de la parole, de celui de *Milady* dans le mien, avec la violence & la rapidité des mouvemens qui les faiſoient naître. J'avois triomphé ſans obſtacles & joui ſans eſtime ; & cependant, je me trouvai vraiment touché ! Même encore aujourd'hui, je doute que la vanité, qui faiſoit le fond de mon caractere, eut part dans ce premier moment à mon bonheur. Et lorſqu'elle reprit ſes droits, après quelques inſtans, pour rehauſſer à mes yeux l'éclat d'une victoire remportée ſur tant de rivaux, qui n'avoient rien fait que jouir ; elle n'ajouta preſque rien à cette ſatisfaction de ſentiment ſi ſupérieure à celle de l'amour-propre le plus complettement décidé.

Cependant *Lady Wilmore*, ne la goûtoit qu'avec timidité. L'amour, de toutes les paſſions la plus active, & ſi l'on peut parler ainſi, la plus étendue, ſait plus qu'aucune autre raſſembler en un moment les contraires, rapprocher les temps, donner à l'ame des facultés aſſez multipliées pour eſpérer & craindre, s'affliger, jouir, & deſirer tout à la fois; & c'eſt ce qu'éprouvoit *Lady Wilmore*, à travers le torrent de ſes tranſports. Trop ſenſible, pour ne pas redouter mon inconſtance, trop éclairée par ſon amour même, pour n'en pas appercevoir les motifs dans ſes déportemens paſſés, trop franche pour vouloir me les cacher; elle ſembloit, en aggravant ſes torts, juſtifier par avance les miens. C'étoit, pourtant ſans le vouloir, plaider ſa propre cauſe, que de la trahir ainſi; c'étoit, en l'éclairant avec tant d'ingénuité, ſéduire & déſarmer ſon juge.... Tant le ſentiment vrai ſait connoître ſes intérêts, & ſi bien les faire entendre !

Une femme moins franche, moins ſenſible, ou moins éclairée par cet inſtinct sûr qui donne ou prouve la droiture de l'eſprit & du cœur, en croyant devoir taire ou excuſer ſes erreurs, n'auroit fait que détruire ou refroidir l'impreſſion qu'elle venoit d'exciter en moi ; tandis qu'un aveu ſi noble & ſi touchant ne fit que l'augmenter, & m'inſpirer la même ſincérité. Auſſi m'appliquai-je, très-franchement, à calmer ſes allarmes, & même ſans ſonger que c'étoit le moyen d'augmenter ſes regrets, ſi ſes terreurs étoient un jour vérifiées.

Après m'être enfin arraché de ſes bras, je me jettai dans mon carroſſe ; & j'eus le temps, en revenant chez moi, de réfléchir ſur ce qu'avoit de ſingulier mon aventure.

A parler vrai, tout ce que m'avoit permis *Lady Wilmore*, étoit un avantage que je partageois avec tant d'autres, qu'en vérité, ç'en étoit à peine un!... Mais l'idée d'être le premier qui lui eût inſpiré des ſentimens, & d'enchaîner à mon char cette audacieuſe *Lady*, que nul amant n'avoit pû juſques-là fixer ni ſubjuguer, relevoit à mes yeux extrêmement cette conquête. Et d'ailleurs, mes plaiſirs avoient ſurpaſſé toutes mes eſpérances: & c'eſt ce qui arrive aſſez communément avec des beautés ordinaires; l'imagination portée moins haut, eſt bien moins ſujette à déchoir; & la beauté qui nous frappe le plus, tient rarement tout ce qu'elle promet. Il eſt même des femmes aſſez éclairées ſur l'intérêt de leur fortune, où ſur celui de leurs plaiſirs, pour ſuppléer avec tant d'art à leur mérite perſonnel, qu'on leur voit ſouvent enlever, quelquefois même conſerver des conquêtes, que la vertù trop indolente, ou la trop inſipide beauté, ſe croyoient pour jamais acquiſes.

Le lendemain, je fus à peine habillé, que je courus chez *Miſs Wilmore*, que je trouvai à ſa toilette, & *Mervill* avec elle. Ce que je ne pus voir qu'avec un certain mouvement, qui tenoit un peu de la jalouſie.

L'air d'embarras & de confuſion, que ne put cacher *Miſs Wilmore*, amuſa fort *Mervill*, & l'inſtruiſit parfaitement des termes où nous en étions. Mais elle ne tarda pas à ſe remettre, & crut me faire encore un ſacrifice, en abjurant hautement ſes erreurs; en convenant, ſans détours, que je l'avois fixée pour jamais, & en priant *Mervill*, avec une politesse noble & cependant timide, qui tenoit également à l'état d'où elle sortoit & à celui où elle entroit, de respecter désormais l'engagement qu'elle contractoit avec moi.

Mon ami lui protesta, qu'il étoit enchanté de sa franchise ; qu'il approuvoit & respectoit de si beaux feux ; & que content, à l'avenir, du titre de son confident, il espéroit s'en rendre digne, dût-il partager cet honneur avec la ville & les fauxbourgs.

Cette plaisanterie, quoique amere, n'étoit ni trop forte pour *Miss Wilmore*, qui ne fit qu'en sourire, ni même injuste ou déplacée, vû son caractere & sa situation actuelle. Son indifférence connue, ou plutôt son mépris pour tout ce qu'on pouvoit dire ou penſer de ſa conduite, étoit ſi bien dégénéré en habitude, que *Mervill* avoit droit de penſer qu'une paſſion nouvelle ne ſeroit pour elle & pour le public qu'un ſcandale de plus, ſans rien changer au caractere de la Dame.

Il ſe trompa pourtant, & du moins juſqu'à certain point.

Il n'appartient qu'à l'amour ſeul d'égarer, & de rappeller à ſon gré la raiſon & la vertu. Cette paſſion toujours agiſſante, toujours extrême dans ſon activité, fait également corrompre les ames innocentes, & purifier les cœurs corrompus : il ne s'agit que du moment où elle s'en empare, & du point où elle les trouve. *Lady Wilmore* ne pouvoit changer qu'en bien; & l'amour le fit peut-être, parce qu'il n'avoit plus de mal à faire, & que les effets les plus violens ſont pour lui les plus naturels.

Le changement de *Milady*, fut ſi rapide, & ſi ſenſible, qu'il ne put échapper aux obſervations de mon ami, non plus qu'à ſa ſurpriſe. Et en effet, ce n'étoit plus cette femme emportée, qui ne goûtoit que les plaiſirs bruyans, pour en faire la matiere de ſon triomphe. Il la voyoit, avec étonnement, tendre, timide, & réſervée!

J'en reçus ſes complimens, avec un air de complaiſance & de fatuité, qui ne pouvoit manquer de lui donner la Comédie, & qui prouvoit, en même temps, combien j'étois peu digne de l'honneur que me faiſoit *Lady Wilmore*. Mais j'ignorois encore, que les faveurs des femmes, ainſi que des Miniſtres & des grands, ne tombent pas toujours exactement ſur le vrai mérite. L'événement ne tarda pas à le prouver à *Milady* ; & *Mervill* en fut si touché, que cessant de craindre pour moi, il crut devoir s'intéresser en sa faveur. Les nouveaux sentimens qu'elle adoptoit, lui paroissoient dignes d'un autre sort que celui dont il la voyoit menacée, & cela ne faisoit pas peu d'honneur à sa pénétration.

Miss Wilmore, animée par une passion qu'elle éprouvoit pour la premiere fois, avoit toujours les yeux ouverts. Elle sentoit amérement, & d'autant plus qu'il étoit trop tard, combien sa conduite passée nuisoit à son bonheur présent. Elle connut alors que cette réputation qu'elle avoit méprisée, que cette estime du public, qu'elle avoit sacrifiée à son déréglement, lui auroient été nécessaires pour se procurer la durée des plaisirs que connoiſſoit enfin ſon ame. Plaiſirs, dont un cœur devenu délicat, ne jouit ni bien, ni long-temps, quand l'eſtime particuliere, qui ſuit toujours la générale, ne fait point la bâſe d'un engagement de cette eſpece, & le lien des cœurs qui le forment.

CHAPITRE IV.

Fin de l'aventure avec Miſs WILMORE.

VAINEMENT chaque jour me montroit de nouveaux changemens dans ſa façon d'être & d'agir, même dans celle de penſer. La réſerve la plus ſévere, excepté pour moi ſeul, le banniſſement ſignifié à ſon cortege de flatteurs, d'amans, de complaiſans, de compagnons de ſes écarts; l'attention la plus exacte aux bienſéances de ſon ſexe, ſervoient bien à certifier, à faire éclater mon triomphe, & à flatter délicieuſement ma vanité : mais elle ne revoyoit, de mon côté, d'autre retour que celui de la reconnoiſſance.... Et que ce ſentiment eſt foible! Qu'il eſt inſuffiſant, pour acquitter ce qu'on doit à l'amour!... Mais, l'amour n'étoit pas en mon pouvoir; & l'eſpece de ſentiment que *Milady* m'avoit inſpiré, étoit perpétuellement attaqué par celui de mon amour-propre, qui après avoir été ſi flatté d'abord, ſe trouvoit preſque humilié d'un engagement mépriſable aux yeux ſéveres du public.

Le monde, toujours plus conſtant dans ce qu'il condamne que dans ce qu'il applaudit, prenoit alors ſa revanche du mépris qu'avoit eu pour lui *Miſs Wilmore*; & je craignois de partager les ſentimens qu'elle inſpiroit. Il ne vouloit pas croire à ſa réforme. Il pouſſa l'injuſtice au point de ne l'attribuer qu'au deſir de s'unir à moi par un engagement plus ſérieux. On me crut même aſſez foible, pour me laiſſer conduire juſques-là. On ſe trompoit pourtant également ſur ſon compte & ſur le mien.

La ſincere *Lady* ſe connoiſſoit & m'aimoit trop, pour ne pas regarder ſa conduite paſſée comme une invincible barriere aux vœux qu'elle auroit pû former pour un pareil engagement.

Elle m'aſſura même, & ſans m'exagérer ce ſentiment, qu'euſſé-je dû l'aimer aſſez pour en avoir conçû la moindre idée; elle-même, en s'y refuſant, m'en eût peint toute la baſſeſſe. Ah! je n'en veux qu'à ton cœur, (s'écrioit-elle, en ſoupirant) & je tremble d'autant plus de ne pouvoir m'en aſſurer, que je te crois moins en état d'en diſpoſer toi-même.

Elle pouvoit cependant y prétendre, après tous les ſacrifices qu'elle m'avoit faits; mais l'amour qui l'avoit rendue aussi pénétrante que délicate, ne tarda pas à lui faire sentir que ma reconnoissance & mon goût pour le plaisir, étoient les seuls liens qui m'attachassent encore à elle. Liens peu durables, sans doute! & sur-tout lorsque les desirs pleinement satisfaits, n'ont plus d'objets qui les raniment.

Trop sûre, après m'avoir étudié, que malgré ses efforts, & peut-être les miens mêmes, il falloit se résoudre à me perdre bientôt; *Miss Wilmore* en fut pénétrée, & ne me montra cependant que cette tendre mélancolie, si capable d'intéresser, de ramener même un amant qui sait en connoître les motifs, & en sentir le prix.

Volage Lord! (me disoit-elle un jour, du ton le plus attendrissant) c'est toi, qui le premier m'apprit à connoître l'amour & ses douceurs!... Faut-il aussi que ce soit toi, qui m'apprenne bientôt à connoître ses peines?... La liberté, que toi seul m'as ravie, faisoit tout mon bonheur. Tu m'en as fais connoître un autre, en me détrompant du premier!...Si je le perds encore, & si c'est par toi que je le perds; que me donneras-tu, qui puisse encore m'attacher à la vie?...

C'étoit alors, que pénétré moi-même, & dupe avec plaisir de mon propre attendrissement, je cherchois à la rassurer, en lui jurant une constance, & même une fidélité, dont j'oubliois de bonne foi que j'étois incapable.

Mais le lendemain me rendoit tous mes torts, & *Miss Wilmore* apperçut bientôt que je les sentois moins.

J'avois insensiblement diminué

le nombre & la durée de mes visites : ce qui, dans tout commerce de ce genre, est toujours d'un sinistre augure. Ses reproches, pourtant, n'étoient que tendres, & même sur le ton de l'amitié ; de ceux enfin que se permet une femme prudente & qui peut craindre de fournir elle-même, par des reproches trop marqués, un prétexte à son amant pour hâter sa retraite.

La générosité fut toujours un moyen de ramener les cœurs hauts & sensibles ; & la façon dont elle supportoit mes torts, me forçoit d'en rougir, de desirer même souvent de n'en plus avoir.

Mais, j'eus beau faire ; l'indifférence insensiblement me gagna, jusqu'à ne pouvoir plus la déguiser.

Lady Wilmore n'étoit plus cette légere & déterminée coquette, que l'extravagance, les caprices,

& les aventures d'éclat, avoient si justement exposée à la censure du public. Son rêve étoit fini, son ivresse étoit dissipée, & la raison avoit repris ses droits : elle réfléchissoit enfin. Elle sentoit la nécessité de me rendre à moi-même ; & d'autant plus qu'elle savoit, à n'en pouvoir douter, qu'une autre femme m'occupoit alors tout entier.

Elle prit donc, & qui plus est, elle garda la résolution qu'elle avoit prise, avec assez de fermeté pour étonner toute autre femme ; & surtout, après la façon dont avoit vécu *Miss Wilmore*, avant que je l'eusse connue.

Je m'étois arrangé, pour la résoudre insensiblement à rester mon amie ; & ce projet flattoit mon cœur, en le soulageant. Mais ce n'étoit pas le sien. Après avoir fait secrettement toutes ses dispoſitions, elle frappa le coup qu'elle me préparoit depuis long-temps, à l'inſtant même où je m'y attendois le moins.

Elle envoya chercher *Mervill* & lui tint à-peu-près ce diſcours :

Je parle à l'ami de *Milord*; & j'oſe me flatter que le *Lord Mervill* eſt aſſez généreux, pour daigner être encore le mien. Il entendra, par conſéquent, avec bonté, ce que l'aſcendant qu'a pris ſur moi l'objet de la plus tendre paſſion, me permet peu de lui dire à lui-même.

Trop sûre, maintenant, de ne pouvoir compter à l'avenir (& pouvois-je le mériter ?) ſur un ſincere attachement de la part de *Milord;* je ſuis trop fiere, cependant, pour partager ſon cœur avec une autre. Je me plaindrois injuſtement de lui : je lui dois trop, & j'en fais gloire ; il m'a fait connoître l'amour, & c'eſt à l'amour ſeul que je dois le bonheur d'avoir gémi ſur mes égaremens, & connu la vertu!... Mais, je la connois trop, cher *Lord*, pour que je puiſſe me flatter de rétablir ma réputation : le préjugé combat trop contre moi. Ce préjugé cruel, interdit pour jamais cet eſpoir à toute femme aſſez infortunée pour avoir perdu ce tréſor avant que la raiſon lui ait permis d'en apprécier la valeur.

Daignez donc informer *Milord*, que je le quitte avec regret ; que c'eſt avec douleur que je le rends aux diſſipations plus variées d'un monde, dont lui-même, avec le flambeau de l'amour, m'a découvert l'inſipide frivolité. Ma perte doit peu le toucher, puiſqu'il ne m'aime plus, & que peut-être il ne m'aima jamais. Pour moi, qui dans cet inſtant même où je le quitte, où je m'arrache à lui, ne l'aimai peut-être jamais plus ardemment; je ne vivrai, que pour le regretter, que pour ſentir tout ce que j'ai perdu, ſans l'imputer à d'autres qu'à moi-même. La ſeule grace que j'exige, & que j'attends de lui, c'eſt que, pour ſon repos, peut-être moins que pour le mien, il s'épargne de vains efforts pour déranger des diſpoſitions (qui m'ont coûté à prendre!) & dans leſquelles, cependant, je me ſens aſſez affermie, pour vous prier de lui annoncer de ma part, un éternel adieu.

Lady Wilmore, en achevant ces mots, ſe ſauva dans ſon cabinet, & tira la porte ſur elle.

Touché de cet événement, *Mervill* ſe hâta de me chercher. Mais je n'étois point en ville; une nouvelle intrigue m'occupoit, & m'avoit

voit conduit à *Windsor. Lady Wilmore* le savoit, & avoit profité de mon absence.

Quoique piqué de sa résolution, je crus d'abord pouvoir la mettre au rang de ces finesses vulgaires dont se servent souvent les femmes pour ranimer la tiédeur d'un amant, dans la peur d'en être quittées.

Mais, en réfléchissant sur la solidité de sentimens qu'avoit acquise *Miss Wilmore*, & dont j'étois très-convaincu, je commençai vraiment à craindre qu'elle n'eût exécuté son projet. Mais, je dois avouer que je fus moins sensible au malheur d'une femme que je ne pouvois m'empêcher d'estimer, qu'à la petite humiliation de voir qu'elle m'eût quitté la premiere. Un sentiment de reconnoissance & d'honneur, m'avoit fait desirer de la garder pour amie; & ma vanité me rendit alors aſſez barbare, pour me donner quelques regrets de n'avoir pas joui des ſiens, en prévenant le projet de ſa fuite.... Et voilà ce que produit la fatuité, même dans les ames, d'ailleurs ſouvent très-nobles !

Dans la chaleur de ce premier mouvement, je priai *Mervill* de m'accompagner chez *Miſs Wilmore*; où, je fus fort ſurpris d'apprendre, que dès cinq heures du matin, cette Dame, accompagnée uniquement de ſa ſuivante, étoit partie en chaiſe de poſte, & qu'on ignoroit abſolument la route qu'elle avoit priſe.

Je me ſentis vivement indigné d'un procédé ſi cavalier, ſur-tout de la part d'une femme, que je regardois à-peu-près du même œil qu'un Souverain regarde une Province ſubjuguée, qui prétend ſe ſouſtraire à ſon obéiſſance.

Mais *Mervill*, très-convaincu du ſentiment ſecret qui m'animoit, me conſola ſi bien, qu'il parvint preſque avant la fin du jour, à me réconcilier avec moi-même. Il eſt vrai que ma vanité, qui ſeule au fond cauſoit tout mon chagrin, me ſuggéra bientôt que, loin de m'attriſter, j'avois plutôt à m'applaudir d'avoir eu le talent d'inſpirer une paſſion ſi reſpectable; & que je finis par trouver même aſſez plaiſant, d'être quitté par *Miſs Wilmore.*

Une lettre de ſa part m'apprit, quelques jours après, qu'elle alloit s'occuper, en France, à triompher d'une paſſion, dont les ſuites trop malheureuſes devoient bien moins m'être imputées, qu'aux égaremens d'une jeuneſſe dont elle auroit toujours trop à rougir. Qu'après avoir renoncé à toute eſpece de prétentions ſur mon cœur, elle me prioit ſeulement, de vouloir bien lui conſerver mon amitié; de daigner même y joindre mon eſtime, au cas, comme elle l'eſpéroit, qu'elle achevât de s'en rendre plus digne.

Il ne m'en coûta rien pour ratifier ce traité, par une réponſe, qui, ſans la flatter d'un nouvel engagement de ma part, contenoit tout ce qu'il falloit pour ſatisfaire à la fois ſon amour-propre & ma reconnoiſſance.

J'étois ſincere, en écrivant ainſi. *Lady Wilmore* m'en ſut gré. J'eus même le rare bonheur, de conſerver l'amie, après avoir perdu l'amante, & ne m'en eſtimai que d'autant plus.

La fin de l'amour, devroit toujours être le commencement de l'amitié entre deux cœurs qui ſe quittent de bonne foi, après s'être aimés de même; & cette amitié feroit d'autant plus tendre, qu'elle auroit pour bâſe une confiance déja établie, & une convenance préſumée. Mais les hommes ont l'injuſtice, ou la fatuité, de vouloir encore être aimés, quand ils ceſſent de plaire. Ils veulent faire, de l'amour, un contrat forcé pour les femmes; tandis qu'ils s'arrogent le droit de le rompre, ou de l'enfreindre à leur gré. Les femmes, de leur part, veulent jouer aux yeux d'un amant qu'elles ceſſent d'aimer, ou d'un public qu'elles craignent, la fidélité, la conſtance ou l'inſenſibilité, deviennent fauſſes, pour paroître vertueuſes, & ſacrifient l'honneur même à la réputation; ſans ſonger, qu'en multipliant ces ſacrifices, elles perdent bientôt l'un & l'autre. Et c'eſt ainſi, que les deux ſexes égarés, par un amour-propre mal-entendu, ne ſavent jouir dans aucun temps ni des plaiſirs de l'amour, ni des douceurs de l'amitié; parce qu'ils ne ſavent ni ſe reſpecter, ni ſe connoître, ni ſe rendre juſtice.

En laiſſant donc ici *Lady Wilmore*, & probablement de meilleure grace que je ne l'avois priſe; il faut paſſer à l'engagement que j'avois commencé, lorſque l'ombrage qu'elle en prit la détermina ſi courageuſement à me quitter.

CHAPITRE V.

MISS AGNÈS.

Quatrieme aventure.

CETTE nouvelle connoiſſance, ainſi que l'autre, étoit purement due au hazard. J'avois laiſſé le *Lord Mervill* chez un Gentilhomme, à quelques milles de Londres, & je revenois ſeul, dans un carroſſe à ſix chevaux ; lorſque mon cocher s'aviſa d'accrocher, de renverſer & de briſer une voiture qui nous précédoit. Aux cris de deux femmes qui, heureuſement, n'étoient point bleſſées ; je courus à la fois pour m'excuſer, & pour leur offrir ma voiture, au défaut de la leur.

Les deux Dames y monterent,

avec d'autant moins de cérémonies, qu'elles étoient pressées d'arriver à Londres, & j'ordonnai à mon cocher de les mener directement chez elles.

On m'avoit déja nommé la plus âgée. C'étoit *Lady Vieux-bourg*, veuve pour la cinquieme fois. *Sir Thomas Vieux-bourg*, son dernier époux, étoit un jeune *Baronet* qui, pour tout patrimoine, avoit une jolie figure; & la Dame, (dont probablement la foiblesse étoit de se prendre un peu trop par les yeux) en épousant le jeune *Sir Thomas*, avoit fait sa fortune, & ruiné son tempérament.

Disons pourtant, pour l'honneur de la veuve, que cette fortune éclatante étoit devenue, entre les mains de l'intéressé *Sir Thomas*, le fatal instrument de sa perte prématurée. Qu'après avoir indécemment abandonné ſa bienfaitrice, pour ſe livrer aveuglément à des excès de toute eſpece, il étoit mort avant trente ans, & déja décrépit.

Sa femme, ainſi quitte de lui, s'étoit bien promis de ne plus ſe fier aux jeunes gens. Son goût, pourtant, lui parloit toujours fortement en leur faveur... Et comment faire en pareil cas ? Comment s'expoſer à les voir, ſans riſquer de s'y livrer trop ?... Voici le parti qu'elle prit.

Lady Vieux-bourg, en conſultant de bonne foi ſon âge & ſon miroir, n'avoit pû ſe diſſimuler la décadence de ſes charmes, & qu'elle n'étoit plus ce qu'elle étoit trente ans auparavant. En peſant bien ſes véritables intérêts, la Dame avoit ſenti qu'une compagne aimable & jeune, étoit le ſeul & sûr moyen de ramener encore chez elle & la jeuneſſe & les amours.

Son choix, en conséquence, étoit tombé sur *Miss Agnès*, jeune personne sans parens, ainsi que sans fortune, & d'une figure d'élite; objet, par conséquent, très-propre à remplir les vues de notre douairiere.

Avec son opulence & son esprit, la Dame avoit eu peu de peine à éblouir cette orpheline, & à se l'attacher par les liens les plus étroits. Ajoutons à ceci, que la pauvre enfant n'étoit au fond qu'un beau *Pantin*, dont la vieille *Lady* parvint bientôt à diriger les mouvemens conformément aux vues que lui dictoient ses intérêts, ou ses plaisirs.

Je ne pus, au premier coup d'œil, refuser à la jeune *Miss* le tribut d'admiration qu'exigeoit naturellement la beauté de sa figure. Rien de plus vif, de plus doux, de plus intéressant que ses regards, de plus élégant que sa taille, de plus noble que son viſage. Tant de charmes enfin, compoſoient à mes yeux un ſyſtême d'*attraction* bien plus ſenſible, & plus facile à expliquer, que celui du grand *Newton* même !

Ce n'eſt pourtant pas qu'elle excitât en moi cette eſpece d'émotion, que *Lydia* ſeule avoit eu droit de m'inſpirer. Mais je me ſentois en proie à ces deſirs impétueux, que l'on prend ſi ſouvent pour de l'amour, qui le deviennent même quelquefois, ſuivant les charmes, l'adreſſe, ou la réſiſtance de l'objet qui les fait naître.

Sans ſavoir le deſſous des cartes, il me ſembla pourtant que trop d'empreſſement pour la jeune, pourroit me nuire auprès de la vieille.

Dès-là, je tournai toutes mes batteries ſur la douairiere, & j'apperçus bientôt que mon hommage, quoiqu'auſſi ſubit que très-peu naturel, ne déplaifoit pourtant point à la Dame.

Ce qui favorifoit le plus mes vues, étoit cette confiance infpirée par la fatuité, confirmée par les fuccès, toujours augmentée dans un jeune étourdi vis-à-vis d'une beauté furannée, & toujours sûre de fon effet avec une femme inftruite par l'expérience.

Ce feul mérite a même très-fouvent fuffi pour fubjuguer les plus féveres; & je connoiffois trop mes avantages, pour en négliger aucun.

Nous arrivâmes, cependant, chez *Lady Vieux-bourg*; & j'étois déja fi bien avec elle, qu'il ne me fut poffible d'en fortir, qu'après avoir promis d'y retourner le lendemain: promeffe que mes yeux confirmerent plus d'une fois à l'aimable *Agnès*, en lui marquant très-clairement, qu'elle feule en feroit l'objet. Il eſt vrai, que l'air équivoque, ou plutôt ſottement diſtrait, dont on reçut mon compliment, m'auroit peut-être fait renoncer dès cet inſtant à mes prétentions, ſi les charmes de ſa perſonne euſſent été moins ſéduiſans.

Le goût ſeul m'entraîna donc, le lendemain, chez *Lady Vieux-bourg*; où, à travers un cercle très-nombreux, je trouvai quelques *connoiſſances*, & ne tardai pas à m'appercevoir, non-ſeulement que j'étois attendu, mais qu'on avoit inſtruit la compagnie de l'accident qui m'avoit fait connoître *Milady*.

L'intérêt qui me conduiſoit là, me rendit encore aſſez clairvoyant pour appercevoir, que la plupart de ceux que j'y voyois, n'y étoient attirés que par leurs deſſeins particuliers ſur *Miſs Agnès*, ou par le plaiſir de la voir : découverte qui m'indiquoit en même temps les vues ſecrettes de la veuve, & les rivaux que j'aurois à combattre.

Rien, au ſurplus, ne pouvoit être plus décent que le ton de la maiſon. C'étoit une eſpece d'Académie, où la gaieté, la jeuneſſe, & les graces, avoient ſeules droit d'être admiſes, & dont *Lady Vieux-bourg* ſavoit diſcrettement tirer parti.

Quoique l'éclat ſupérieur dont y brilloit la belle *Agnès*, lui attirât, du moins ſecrettement, tous les vœux de l'aſſemblée ; la vanité de ſa protectrice étoit ſi fort ſubordonnée à des intérêts plus réels, qu'elle lui déféroit en tout, ſembloit même applaudir aux hommages que l'on rendoit à ſa pupille ; & ſa conduite, en ce point important, étoit ſi frappante & ſi neuve, tant d'art & de raffinement la ſoutenoient, qu'on ne pouvoit presque la soupçonner de fausseté, quoique tout ce jeu n'eût qu'un but, on ne peut moins honnête.

En ma qualité d'étranger, ou de candidat désigné par *Lady Vieuxbourg* pour la galante Académie, on me reçut avec distinction; tous les honneurs de l'assemblée me furent prodigués avec éclat.

Dans cette premiere audience, où je ne me considérois que comme un Ministre étranger qui, de ce jour même, acquiert uniquement le droit de procéder à ses affaires; je n'adressai rien de particulier à *Milady*, non plus qu'à *Miss Agnès*.

Cette derniere, aussi parée & décorée qu'un autel ultramontain pour un jour d'indulgence, à peine honoroit d'un regard les plus fervens de ses adorateurs; & lorsque, par hazard, la profusion de l'encens arrachoit d'elle un froid souris, un mot, ou quelque geste favorable ; on crioit, *au miracle!* Rien n'étoit, en un mot, ni plus beau, ni plus stupide qu'elle.

J'en étois confondu, sans cependant sentir éteindre mes desirs. Un seul coup d'œil de *Miss Agnès*, faisoit oublier ses défauts ; & quelque sotte qu'elle fût, j'envisageois plus de plaisirs dans l'espoir de la vaincre, & moins de peine ensuite à la quitter.

L'assortiment de ces idées suffit, je crois, pour définir le caractere de ma nouvelle passion.

Quant à la conversation de l'assemblée ; quoique sur le *bon ton*, elle m'ennuya fort, & m'ennuiroit bien plus encore à la décrire... Eh! quel est l'homme assez heureux, pour n'avoir jamais éprouvé ce qu'ont d'assommant ces propos si ſouvent rebattus où l'on ramene conſtamment les turpitudes du jour, les talens des acteurs, la comparaiſon des danſeurs, la critique des *Opéra*, des Comédies & des livres nouveaux, les ſatyres des ſots contre d'autres ſots qu'ils envient & tâchent d'imiter; tout ce plat bavardage enfin & ces lieux communs éternels, qui compoſent le fond des converſations modernes?

Pour moi, j'étois un fat déja trop brillant pour ne pas éblouir un ſexe, en même temps que j'allarmois, & paroiſſois offuſquer l'autre. Cet air de ſuffiſance, avec lequel je décidois ſans balancer ſur des ſujets qui m'étoient à peine connus; ce ton dont je tranchois ſur les talens, le mérite, ou la réputation de qui me tomboit ſous la main; cette inſolente complaiſance avec laquelle j'étalois ma perſonne

& mon ajuſtement ; ce tas d'abſurdités enfin, qui, préſentées aux yeux de la raiſon, n'euſſent offert en moi qu'un être auſſi ridicule que mépriſable, étoient pourtant les titres, ſur leſquels je fondois mes ſuccès. C'eſt par ce faux clinquant, par ce factice extérieur, que je charmai les femmes, confondis les hommes, & me vis le héros du jour.

Il eſt vrai, que *Lady Vieuxbourg* n'aida pas médiocrement à mon triomphe. Tous mes propos, à peine articulés, étoient ſaiſis & relevés par elle ; & les moins faits pour réuſſir, ornés d'un commentaire de ſa part, ou d'un ſourire approbateur, acqueroient tout le ſel ou tout le poids qui leur manquoit.

Cette *Agnès* même, que rien ne paroiſſoit toucher, eut preſque l'air de m'écouter ; & quelque peu d'intention que me peigniſſent ſes regards, je crus y démêler une eſpece de préférence de mon peu de ſens commun ſur celui du reſte de l'aſſemblée.

Je ſus tirer parti d'un tel début, & j'eus bientôt la ſatisfaction de voir mes rivaux diſperſés. Quelques-uns ſeulement, déſeſpérant de leur ſuccès auprès d'*Agnès*, furent aſſez piqués pour transférer leur tendre hommage à *Lady Vieux-bourg* elle-même. Et la prudente veuve étoit, ainſi que moi, trop habile à ſaiſir ſes avantages, pour concevoir quelques ſcrupules ſur la façon dont ils lui tomboient.

Ce fut alors, que mes aſſiduités chez *Milady*, firent quelque bruit dans le monde, & m'attirerent mon congé de la part de *Lady Wilmore*, qui ne daigna ſeulement pas s'expliquer avec moi ſur ce ſujet. Elle voyoit, propablement & *Miſs Agnès* & ſa parente, avec d'autres yeux que les miens.

Mervill, cependant, ayant rencontré *Miſs Agnès*, au ſpectacle, ou au *Parc*, me parut ſi frappé de ſa beauté, que je craignis qu'il n'en fût amoureux. Je connoiſſois tout ſon mérite ; & les deſirs que m'inſpiroit la jeune *Miſs* reſſembloient aſſez à l'amour, pour être accompagnés d'un peu de jalouſie. Ainſi, je me gardai de le mener chez *Milady*, & me déterminai plutôt à me paſſer de ſes conſeils, que de riſquer de l'avoir pour rival. Il pénétra ma crainte, & l'excuſa d'autant plus aiſément, qu'il ne pouvoit qu'être flatté de mes motifs. Cette intrigue, d'ailleurs, ne pouvoit l'allarmer pour moi, puiſqu'il ſavoit le ſecret de mon cœur, &

que *Lydia* ſeule avoit eu droit de le fixer. L'eſpoir d'une aimable conquête, & l'attrait du plaiſir préſent, pouvoient en impoſer à ma raiſon. Mais on ſoumet moins aiſément l'amour, & cela raſſuroit *Mervill.*

Quant à ma tante, dont la foibleſſe étoit toujours la même ; on lui faiſoit très-mal la cour, en ſe plaignant de ma conduite, & mes amis ne s'y hazardoient guères.

Mes ridicules mêmes, par l'air d'audace & de dignité que j'y ſavois attacher, étoient en quelque ſorte devenus reſpectables pour elle. Et c'eſt une eſpece de ſecret, plus avantageux qu'on ne penſe, dont j'ai ſouvent uſé avec ſuccès, même avec le grand monde, & que je laiſſe libéralement à mes confreres en fatuité.

Mes aſſiduités cependant, & la

façon dont j'avois *pris* chez *Lady Vieux-bourg*, avoient amené mes affaires au point de précision que la bonne Dame attendoit, pour l'exécution de ses desseins.

J'avois été plus d'une fois surpris de l'excessive complaisance avec laquelle *Milady* sembloit favoriser mes vues secrettes, sur *Agnès*; & d'autant plus, qu'elle étoit sa parente, ou qu'on me le faisoit entendre. Il est vrai que *Miss* étoit sans biens, & dépendante en tous points de *Milady*. Mais un seul instant pouvoit faire oublier à *Miss Agnès* tous les motifs qui pouvoient la défendre contre moi... *Lady Vieux-bourg*, apparemment, la connoissoit trop bien, pour ne pas être sûre de cette pauvre enfant.

Quoi qu'il en soit, l'accès facile que j'avois dans la maison, & les occasions d'entretenir à chaque instant la jeune *Miſs*, m'enivrerent bientôt & d'eſpérance & de deſirs que rien ne pouvoit réprimer.

Je vis pourtant, avec étonnement, que j'aimois ſeul, & qu'il falloit qu'*Agnès* fût défendue contre mes preſſantes attaques, non-ſeulement par les ſecrets documens de *Milady*, mais, (ce qui eſt bien plus invincible encore!) par cette froideur naturelle, qui ne doit qu'à ſes effets, ou plutôt à l'opinion d'un ſexe & à la politique de l'autre, l'honneur d'être appellée *Vertu*.

Place inacceſſible par-tout, je cherchai vainement ſon côté foible. On me repouſſoit froidement, ſans preſque daigner me combattre, & cependant, avec une vigueur qui m'étonnoit, & me déconcertoit également. Les mouvemens qui m'arrêtoient, ainſi que ceux d'un automate, ou d'une montre à répétition, frappoient précisément à certains temps, ou à certains attouchemens déterminés; rien ne hâtoit, ni n'en retardoit le ressort, & la cause en tous temps, produisoit toujours son effet. La vanité, l'honneur, ni la raison ne motivoient en aucun sens sa résistance; & le combat fini, *Miss* reprenoit, ou rappelloit un propos commencé, avec autant de calme & de sang froid que s'il ne s'étoit rien passé que dans la regle ordinaire des procédés.

Cependant, cet air d'indolence & cette extrême insensibilité, me provoquoient mille fois plus que le ressentiment le plus marqué. J'employois vainement tous les secrets, tous les ressorts de la galanterie..... Mes présens même, (& j'en offrois de séduisans) étoient à peine regardés. Quant à ma rhétorique,

torique, elle s'épuiſoit ſans ſuccès ; & j'euſſe auſſitôt réuſſi à forcer la *Vénus* d'*Hamptoncourt* de s'élancer de ſon piédeſtal dans mes bras, qu'à émouvoir par mes raiſonnemens cette aimable idiote : peut-être, au fonds, mieux défendue alors par ſa ſeule ſtupidité, qu'une autre, en pareil cas, par cet excès de pénétration qui trahit ſouvent tant de belles aſſez vaines pour s'y fier !

Déſeſpéré de l'inutilité de mes efforts, honteux de l'aſcendant qu'avoient pris ſur moi mes deſirs, humilié de tenir trop encore à cet objet de culte & de mépris ; je perdis patience, & la raiſon, jointe à la vanité, combattit fortement ma paſſion ; mais ſans pouvoir en triompher. Les charmes perſonnels de mon idole, avoient trop affecté mes ſens. Mon imagination me les peignoit, me les exagéroit ſans ceſſe; & je ne pouvois, ſans douleur, enviſager ſeulement le deſſein de renoncer à leur poſſeſſion !

Je tentai même un autre expédient. J'avois preſque perdu de vue ma petite maiſon. J'y retournai; je m'y plûs même, ou crus m'y plaire quelques jours. Mais le torrent, détourné pour quelques inſtans, en acquit plus de violence. On trompe rarement le cœur, à moins qu'on ne l'occupe; & l'imagination même, une fois fortement frappée, prend difficilement le change. C'eſt preſque toujours des deſirs ſatisfaits, qu'il faut attendre l'inconſtance.

CHAPITRE VI.

*Suite de l'aventure d'*Agnès. *Souper avec* Lady Vieux-bourg.

LADY *Vieux-bourg*, qui n'avoit rien perdu des progrès de ma passion, me crut enfin assez bien enchaîné, pour n'avoir plus à craindre ma retraite.

Alors, sans que je pusse l'accuser, d'être moins favorable à mes desseins ; sans que je pusse imaginer, qu'elle-même en eût de secrets sur moi, je m'apperçus, quoique insensiblement, que je trouvois plus rarement *Miss Agnès* seule. Elle étoit, presque chaque jour, engagée avec d'autres femmes, ou incommodée, ou sortie. Mais, chaque fois, la vraisemblance & les égards qu'on croyoit me devoir, étoient toujours ſi bien obſervés, que malgré mes ſoupçons, je ne trouvois pas jour à murmurer avec quelque apparence de juſtice.

Un manege ſi fin, & ſi ſagement concerté, viſoit au double but, d'irriter d'autant plus mes deſirs, & de me diſpoſer à adopter tous les expédiens qui pourroient me conduire à les ſatisfaire.

Tandis qu'on me jouoit ainſi, *Lady Vieux-bourg* ſe rencontroit toujours dans mon chemin, me conſoloit, en accuſant le peu de goût de ſa pupille; & d'un air aſſez naturel, pour prévenir tous les ſoupçons que j'euſſe pû former contr'elle-même: elle concevoit peu les procédés de cette fille!... & je l'honorois trop, en vérité!... Préſumoit-elle me garder long-temps, avec cette impertinente conduite?...

Hélas ! j'étois trop bon, ſans doute ; & je méritois d'être plaint....

Lady Vieux-bourg, après m'avoir ainſi calmé, reprenoit tout-à-coup, par forme de réflexion.... J'ai quelques droits ſur elle, j'en conviens ; elle eſt faite pour m'obéir.... Mais, on a peine à ſe réſoudre à forcer, juſqu'à certain point, les inclinations !... *Miſs*, a des mœurs, de la vertu. Je ne ſaurois qu'y applaudir.... Mais, on pourroit ſe relâcher un peu.... Le devoir même a ſes limites.... Il eſt des cas (eh ! qui ne l'éprouva jamais ?) où certaines foibleſſes, en faveur de certains objets, ont quelque droit de paroître excuſables !... & je ne ſaurois approuver *Miſs Agnès*.

Par ce mêlange adroit, de plaintes & de flatteries, *Lady Vieux-bourg* m'inſinuoit, aſſez palpablement, quels étoient ſes deſſeins. Et (pour peu que j'euſſe été véritablement amoureux) que tant de maladreſſe, avec un procédé ſi bas, auroient eu droit de m'indigner! Mais, je n'avois que des deſirs, & très-peu délicats : les moyens de les accomplir ne pouvoient me paroître ignobles. Il me ſuffiſoit de ſavoir ce que pouvoit pour moi *Lady Vieux-bourg*, auprès d'*Agnès*, & d'entrevoir ſes diſpoſitions à ſervir mes deſſeins, pour m'engager à lui tout pardonner.

Charmé de cette découverte, & connoiſſant enfin qu'elle étoit la clef du tréſor après lequel je ſoupirois ; il me reſtoit pourtant encore un embarras... Des ſervices de cette eſpece (& je le ſentois bien) ne ſont point de nature à être ni gratuitement exigés, ni rendus.

Par quel moyen pourtant ? Par

quel appas aſſez puiſſant gagner *Lady Vieux-bourg*, & l'amener au point de me les rendre avec ſuccès ? Sa fortune m'interdiſoit l'eſpoir de la trouver intéreſſée : ſans quoi, mon bonheur étoit sûr. Car je n'aimois point à languir, & je deſirois ardemment... Sans compter que le vice eſt toujours plus libéral que la vertu.

Trop certain, cependant, de ne pouvoir rien eſpérer, ſans *Milady* ; & prêt à tout ſacrifier, pour réuſſir auprès d'*Agnès* ; je parvins enfin à ſentir qu'il falloit me réſoudre à feindre de l'amour pour la premiere. Car, plus je voyois cette conquête aiſée, plus je me flattois, chemin faiſant, de me procurer l'autre.

Ce bel expédient, je le répete, étoit tout auſſi délicat que mes deſirs. Je ne m'en applaudis pas moins, après l'avoir trouvé ; tandis que tout l'honneur n'en étoit dû qu'à *Milady*, qui dès long-temps m'attendoit là.

J'avois pourtant encore un autre but, en essayant cette nouvelle route. Je me flattois qu'un peu de jalousie pourroit peut-être ébranler *Miss Agnès.* Non pas de celle dont l'amour est susceptible, plus ou moins, lorsqu'il est véritable ; mais de ce sentiment vulgaire & général, qu'inspire l'amour-propre, qui fait envier à autrui ce que l'on dédaigneroit soi-même, & dont l'enfance & l'imbécillité sont même rarement exemptes.

Je portai donc, extérieurement, toutes mes attentions & mes galanteries vers *Lady Vieux-bourg*, en affectant pour *Miss Agnès* un air indifférent, que l'excès de sa soumission pour *Milady*, lui fit d'abord envisager avec une tranquillité qui me mortifia beaucoup.

Mes feux ne l'avoient point émue ; ma froideur la trouva de glace.

Je n'en poussai pas moins ma pointe auprès de l'autre ; qui, transportée de sa conquête, & pensant trop solidement pour *lanterner avec l'occasion*, crut devoir épargner à mes feux au moins la moitié du chemin.

La bonne Dame, cependant, pour mieux assurer son succès, fit au-delà du nécessaire, & passa trop rapidement de la gravité de son âge, à la folle gaieté du mien. Comme si l'âge se cachoit! comme si l'air léger & semillant, les pompons, le fard, & tous les autres faux témoins de la toilette, en pouvoient imposer aux yeux!

Rien n'est plus clair dans la nature, & plus avoué que ce point. Les femmes cependant les moins jolies, & celles qui, malgré les ans, tiennent encore en ſecret au plaiſir, n'entendent pas raiſon ſur cet article.

Un bel habit, ſans doute, a ſouvent droit de fixer nos regards. Mais qu'en réſulte-t-il, ſi celle qui le porte, en un inſtant détruit l'eſpoir qu'avoit fait naître en nous tout cet éclatant étalage ? On ſe tait, ou l'on rit de voir tant de richeſſe & d'ornemens ſi déplacés.

Rendons pourtant juſtice à *Milady*, qui naturellement penſoit aſſez, pour ne pas trop compter ſur le vernis de la toilette. Elle étoit même, à cet égard, un peu cauſtique; & je l'avois, avec étonnement, vû déſoler ſur ce ſujet plus d'une femme de ſa claſſe. Mais les paſſions ſont inconſéquentes, & l'amour, à cet âge, eſt une eſpece de démence.

Il eſt du moins certain, que tous les airs, les façons enfantines, & les petites graces que l'amoureuſe veuve avoit ſans doute pratiquées trente ans auparavant, furent de nouveau rappellées & prodiguées en ma faveur.

Son ridicule, juſques-là, ne m'avoit paru qu'amuſant. Mais, quand la vanité de ſon triomphe en vint au point de l'enivrer, juſqu'à vouloir me traîner à ſa ſuite au bal, au cours & dans tous les ſpectacles; il me parut qu'il étoit temps de ſonger à ma gloire, & d'abréger la comédie.

J'avois, durant cet intervalle, eu le plaiſir de voir *Agnès*, malgré ſon caractere & ſon dévoûment abſolu aux volontés de *Milady*, devenir par degrés moins inſenſible,

& se trahir assez, pour laisser échapper certains signes de sentiment, que mon ardeur & mes efforts passés n'avoient pû parvenir à faire éclorre.

Trop attentif, pour ne pas suivre *Agnès* & la progression de ses idées; je découvris, à n'en pouvoir douter, les symptômes naissans d'un cœur jaloux. Ses petites impatiences, ses mouvemens d'inquiétude, l'air mécontent dont elle regardoit mes soins pour *Milady*, & la façon dont on les recevoit; tout m'indiqua le changement de cette fille, & me confirma d'autant plus dans la poursuite de mon plan.

Je concevois, fort aisément, que si j'allois trop tôt me relâcher, & suivre mon penchant pour *Miss Agnès*, il falloit me résoudre à me passer de la protection de sa patronne; à trouver même en elle une ennemie. Tout m'avoit annoncé, trop clairement, ce que l'une attendoit de moi, ſi je voulois réuſſir avec l'autre. Et je ſentis, avec regret, que *Milady*, malgré ſon ridicule amour, n'avoit probablement pas oublié les vrais motifs de ma conduite à ſon égard; que les ſecours qu'elle pouvoit me rendre auprès d'*Agnès*, étoient les conditions ſous-entendues de notre intelligence mutuelle; & qu'elle-même enfin, après m'avoir ſuggéré cet eſpoir, m'avoit, à mots couverts, plus d'une fois preſſé de l'adopter.

Le plaiſir cherche la jeuneſſe, & la vieilleſſe le plaiſir. Il eſt un âge, où il ſemble être convenu qu'on ne ſauroit prétendre à rien, ſi l'on ne veut pas l'acheter. Ainſi, malheur à ceux qui, après avoir été jeunes, ont dédaigné de se pourvoir de certain fruit d'hiver aussi rare que précieux, nommé vulgairement *discrétion!* Qu'ils se préparent à payer cherement la peine de leur négligence.

Ce n'est pas que *Lady Vieuxbourg*, n'eût des mesures à garder. Une affaire avec moi, n'avoit pas l'air de devoir être permanente, & lui promettoit peu de compenser ce qu'auroit sans doute à souffrir sa réputation, parmi les femmes de sa cotterie. A son âge, sur-tout, pour peu qu'on tienne encore au monde, & qu'on aime le jeu, on est fâché de trouver sa maison déserte. Elle faisoit une très-sage différence, entre un soupçon qu'elle eût été fâchée que l'on n'eût pas, & la publicité d'un engagement qui l'eût privée à certain point des consolations de sa vieillesse. Et, pour dire le vrai, dès que le monde eſt aſſez indulgent pour n'exiger de nous que les dehors de la décence ; il ſeroit, en effet, trop impudent de prétendre lui refuſer cette légere ſatisfaction.

Je ſentis donc, qu'autant pour hâter mon ſuccès auprès d'*Agnés*, que pour éviter un éclat qui pût décrier ſa patronne, il falloit me réſoudre à ſatisfaire *Milady*. Et je crus entrer dans ſes vues, en lui propoſant, d'un air auſſi ſimple que dégagé, un ſouper clandeſtin à ma petite maiſon. Elle ſe récria d'abord, ſur la légéreté de la propoſition ; & l'accepta, l'inſtant après, uniquement pour ne pas me fâcher !... Il fut donc arrêté, que ſous prétexte de la conduire au concert de *Milord un tel*, je viendrois la prendre un *tel jour*. *Agnès* devoit être écartée, ou occupée ailleurs, & je chargeai la veuve de ce ſoin.

A mon égard, je vis venir ce jour, avec un ſang froid ſurprenant. Le deſir fait naître le plaiſir, & tout autre intérêt que celui du plaiſir même, ou le détruit, ou produit bientôt le dégoût.

Plus l'inſtant approchoit, plus je ſentois la ſolidité de ce principe. Eh ! que n'euſſe-je point donné, pour m'acquitter de mon engagement par procureur ? ... Mais cette idée étoit venue trop tard, & redoubloit encore mes regrets.

Ainſi donc, condamné par l'honneur, & par mon propre intérêt même, à faire face à mon cartel; après avoir terminé tranquillement deux ou trois parties de billard, qui, ſans que je m'en apperçuſſe, avoient anticipé ſur quelques-uns des précieux inſtans de l'heure entre nous convenue; j'arrivai chez *Lady Vieux-bourg*, avec une excuſe à la bouche, & moins que cela dans le cœur. Je ne fus pas aſſez heureux, pour qu'un contre-temps favorable eût dérangé les diſpoſitions de *Milady*; pas même aſſez, pour la trouver un peu ſcandaliſée d'avoir été dans le cas de m'attendre : car, pour me raſſurer, ſans doute, elle aima mieux ſe plaindre de ſa montre, & me remercier obligeamment d'être arrivé plutôt qu'elle ne m'attendoit.

Lady Vieux-bourg ſortoit, préciſément, de ſa toilette; & la façon dont je la trouvai miſe, eu égard à la circonſtance, étoit neuve pour moi. C'étoit un compoſé qui tenoit à la fois du déshabillé négligé, & de la plus grande parure. Aſſez modeſte cependant, pour ne ſe point diſſimuler ce que le temps avoit altéré de ſes attraits, elle n'avoit rien négligé pour en déguiſer le ravage. Mais l'art n'embellit point, il ne fait que corriger ou masquer les défauts de la nature. Nous sommes cependant assez cruels, pour en faire un reproche aux femmes ! tandis, qu'au fond, tous leurs efforts n'ont d'autre objet que nos plaisirs communs. Cette réflexion retint à-peu-près certain sourire de ma part, que *Milady*, contente d'elle-même, eut la bonté de prendre pour un compliment. J'en rougis, pour elle & pour moi : car, je ne trouvois pas mon personnage infiniment supérieur au sien ; & cet excès d'aveuglement, dans une femme de son âge, n'étoit guères plus ridicule que le rôle que je jouois moi-même. Mais les passions ne raisonnent pas plus dans les vieilles têtes, que dans les jeunes.

Je parvins cependant à prendre un air à-peu-près convenable au rôle où je m'étois si imprudemment dévoué. Et *Milady*, après m'avoir fait essuyer toutes les simagrées que je devois le moins attendre d'une veuve de cinq époux, me présenta la main, & se laissa nonchalamment conduire à mon carrosse.

Les femmes, naturellement, ne sont point nées pour des démarches qui les avilissent. C'étoit pour la premiere fois, (me disoit-on) & cette vérité m'importoit peu, qu'on avoit pû prendre sur soi de s'exposer ainsi. On se croyoit, par conséquent, tenue de me prouver son peu d'expérience. Aussi, l'on débuta par passer exactement en revue l'ameublement & les divers recoins de la maison; sans penser qu'on ne pouvoit remplir plus à mon gré les premiers instans d'un tête-à-tête, où les deux parties, par différens motifs, étoient également embarrassées de leur figure.

On nous servit bientôt un *ambigu*, où les mets les plus fins, les vins les plus délicieux, où tout enfin ce qui pouvoit piquer le goût, & ranimer le plus morne appétit, ne fut pas épargné. Mes gens, formés à l'étiquette, & qui dans cette occasion faisoient un peu souffrir ma vanité, disparurent alors. Je respirai plus librement; mais ce ne fut que pour tomber dans un autre embarras.

Tout jeune, & tout vigoureux que j'étois, je me sentois trop vuide de desirs, trop dénué d'imagination, pour n'avoir pas besoin d'y suppléer par la chaleur que pouvoit m'inspirer un bon souper.

Nous voilà donc à table, en vis-à-vis, avec toute l'aisance présumée de deux parties censées d'accord.

Je m'efforçai de me monter en conſéquence, & d'égayer ma ſituation.... On en croira ce qu'on voudra ; mais ma conquête, par degrés, toute plaiſante qu'elle étoit, me parut moins déſagréable, & digne au moins de m'amuſer.

Lady Vieux-bourg s'en apperçut ; elle en devint plus libre, & ſa gaieté ſembla la rajeunir : (car la gaieté rajeunit tout ! & n'eſt jamais de contrebande en pareil cas.) Il me ſembloit enfin que je pourrois ne pas tarder long-temps à le prouver à *Milady*.... quand, tout-à-coup, ſon indiſcrétion vint tout gâter, & flétrir ce fruit dans ſon germe.

Aurois-je pû l'imaginer ?... L'imprudente *Lady*, ſoit pour m'animer par l'eſpoir du retour, tacitement convenu ; ſoit qu'elle fondât trop ſur le pouvoir qu'elle croyoit avoir acquis ſur moi, s'émancipa juſ-

jusqu'à me proposer une rasade de Champagne, à la santé de *Miss Agnès*!.... Ah Ciel! n'étoit-ce pas m'offrir un objet de comparaison, qui ne pouvoit que nuire à celle qui, si mal à propos, le présentoit?

Je ne pus, en effet, me rappeller les graces, la jeunesse & les charmes vainqueurs de l'une, sans détourner les yeux de dessus l'autre.

En vain la tendre *Milady*, qui s'apperçut de ce prompt changement, s'empressa-t-elle à réparer sa faute. Elle ajoutoit encore à mon dégoût; & je me vis prêt à geler auprès d'un si grand feu.

Ainsi, soit pour gagner le temps qu'il me falloit pour me remettre au point où j'étois auparavant, soit par malice pure & pour jouir de tout son embarras, *Lady Vieux-bourg* ne me vit plus le même; & j'en revins à cette espece de respect d'autant plus cruel pour la femme à qui l'amant peut en devoir encore un peu, que la décence en interdit la plainte.

Ainſi, je goûtai donc, quelques inſtans, le barbare plaiſir de contempler les divers mouvemens que la confuſion, l'eſpoir, la crainte, & ſans doute autre choſe encore, avoient fait naître & peignoient tour-à-tour ſur le viſage de ma veuve.

Ce rôle étoit déſeſpérant pour *Milady*, mais le mien ne tarda pas à m'ennuyer. Son pouvoir ſur *Agnès*, & tout ce qu'on pourroit me reprocher, ſi ſa parente, en fin de cauſe, avoit à ſe plaindre de moi, me radoucit en ſa faveur.

Je revins donc à elle, avec l'air le plus vrai que je pus feindre. Et la nature, heureuſement, quoiqu'il fût ici queſtion d'un devoir à remplir, daigna n'être point ſourde à mes ſecrettes invocations.

Mes attaques, alors, eurent un air moins apprêté ; je parus même aſſez preſſant pour raſſurer *Lady Vieux-bourg* ſur un ſuccès qui, juſques-là, peut-être, avoit pû lui paroître douteux.

Quel artiſte l'eût peinte, en cet inſtant ?... *Boucher* * ſeul, eût ſaiſi cet air tendre & voluptueux, que lui cauſoit l'approche du plaiſir ; cet incarnat qui couvroit ſon viſage, & l'animoit aſſez pour obſcurcir celui qu'elle tenoit de l'art ; ces yeux demi-fermés, mais petillans d'un feu que l'occaſion faiſoit naître, tantôt languiſſamment fixés ſur moi, tantôt ſemblant encore d'un air timide & défiant, conſulter ſon ſort dans les miens !

* Les Anglois, malgré la jalouſie nationale, rendent juſtice à tous nos grands artiſtes.

J'étois

J'étois jeune ; & je crois avoir dit, que l'amour étoit plutôt un besoin naturel en moi, qu'une débauche d'imagination. Je fus touché de l'état de la veuve. Et cette sympatie d'organes, établie entre les deux sexes, eut assez de pouvoir sur moi, pour me faire oublier ce qu'étoit à mes yeux, l'instant auparavant, *Lady Vieux-bourg*.

Ce fut alors, que (pour user de ses propres expressions) je lui parus tout-à-fait impudent ; & que, piqué de vanité, je fus assez vaillant, ou assez fou, pour parvenir à mériter plus d'une fois ce titre ; je ris même encore à présent, (tout humilié que je suis, au souvenir de mes erreurs !) en me retraçant le tableau de la reconnoissance, & de l'étonnement respectueux que j'inspirai dans cet instant à *Milady*.

Elle vit enfin arriver l'inſtant où nous devions nous ſéparer, avec de ſi tendres regrets, avec un air ſi pénétré d'être forcée de s'arracher ſitôt à moi, que je n'oſai lui rappeller ce que j'étois en droit d'attendre d'elle, auprès de *Miſs Agnès.*

CHAPITRE VII.

*Suite & conclusion de l'aventure d'*AGNÈS*.*

J'EN étois, cependant, plus amoureux encore que jamais. Car, plus l'objet nous a coûté, plus il nous devient cher; & je venois de l'acheter à trop haut prix, pour ne pas desirer encore plus ardemment de le posséder au plutôt.

J'en convainquis le lendemain *Lady Vieux-bourg*, d'une façon qui vraisemblablement ne dut pas plus la flatter que lui plaire.

Un conquérant ne sauroit essuyer un refus.

Ainsi, *Lady Vieux-bourg* me représenta vainement, combien j'abuserois de ses bontés, si je voulois abſolument exiger d'elle un ſi pénible & ſi diſgracieux ſervice ; & combien il ſeroit affreux, qu'elle conſpirât avec moi contre une jeune créature, dont l'innocence étoit ſous ſa protection.

Ses remontrances, n'avoient qu'un ſeul défaut : celui d'avoir été faites trop tard. Dans toute autre bouche peut-être, elles euſſent pû me toucher ; mais en partant de la vieille *Lady*, c'étoit un attentat plus inſultant pour mon autorité, que convainquant pour ma raiſon.

J'étois depuis long-temps certain ; que dis-je ? j'avois vû, que l'accompliſſement de mes deſirs ne dépendoit uniquement que de *Lady Vieux-bourg*. J'étois parti de cette certitude, & je n'étois ni aſſez dupe, ni aſſez généreux, pour me contenter aiſément de ce que je croyois n'être en effet qu'une défaite aſſez groſſiere.

Ajoutons à ceci, qu'*Agnès*, dont la froideur étoit ſenſiblement diminuée, m'affermiſſoit encore dans le deſſein de ne me point relâcher ſur mes droits. Si la nature, en ſa faveur, avoit prodigué tant d'attraits; l'aimable *Agnès*, loin de s'en prévaloir, paroiſſoit l'ignorer encore.

Envain un tas d'adorateurs s'étoit flatté de la rendre ſenſible : un ſeul grain de jalouſie avoit eu droit de l'émouvoir. Ce ſentiment, ſur ſon ame endormie, avoit produit l'effet d'un réveil imprévû. L'inſtinct commun à tous les êtres qui reſpirent, en agiſſant ſur une fille de ſon âge, lui avoit fait ſentir mon injuſtice, & par conſéquent avancé mes affaires auprès d'elle. Et cet inſtinct, (avouons-le, en paſſant,) que l'homme ingrat ſemble tant méprifer, le fert fouvent plus qu'il ne penfe, & même auprès de ces prodiges de vertu, qui femblent ne céder à nos tranfports, que fous le pavillon du fentiment.

Cet art vulgaire, & par-tout pratiqué, que poffede la plus novice, & qui femble être né avec les femmes; inconnu de *Mifs Agnès* feule, ajoutoit à fon mérite celui de la fimplicité de l'âge d'or.

A mon retour, vers elle, aux premieres expreffions d'un fentiment, que je jurois avoir toujours été le même; je la vis prête à me prouver, en volant dans mes bras, que je n'avois d'autres fervices à demander à *Milady*, que de ne point mettre obftacle à nos vœux.

Mais, cette révolution n'étoit pas plus échappée à *Lady Vieuxbourg*, qu'à moi-même; & peu fenfible à un événement qui l'acquittoit avec moi, ſans la commettre, elle en devint ſecrettement plus furieuſe, & crut pourtant devoir diſſimuler.

Elle avoit, il eſt vrai, plus d'un ſujet de m'en vouloir. Car, ſans compter l'air de froideur avec lequel je répondois à ſa tendreſſe; elle avoit eu, dans mes propos, & dans mes torts réitérés, de quoi ſe convaincre amplement de ma parfaite ingratitude.

Mais, j'étois naturellement trop fier, & trop impétueux, pour ſupporter la moindre réſiſtance où je croyois avoir acquis le droit d'être le maître. Il s'en falloit encore que j'euſſe appris, que quand la femme diſſimule, il faut ſavoir diſſimuler aſſez pour avoir l'air d'être ſa dupe; & que pour pénétrer ſes vues, il faut paroître s'y prêter.

Je ne vis, à la vérité, point

d'obstacles directs à l'accomplissement de mes desseins sur *Miss Agnès*. Mais ces obstacles, quoique détournés, n'en étoient que plus invincibles & plus désespérans. Je la voyois, quand je voulois; je lui parlois, de même; il ne nous manquoit plus, que de pouvoir enfin nous trouver seuls. Mais, je n'y pouvois parvenir; & j'en étois devenu furieux.

A tous ces contre-temps, qui sans avoir rien d'affecté, dérangeoient, ou croisoient mes projets les mieux conçus; je ne pouvois, sans m'aveugler entiérement, méconnoître le doigt d'une rivale.

Mon amour en redoubla pour *Agnès*, & ma haine pour *Milady*. Je poussai même l'imprudence au point de m'oublier assez, pour parler nettement à la derniere, & pour la menacer de ne me plus revoir dans sa maison, au cas que ses engagemens, tacitement contractés avec moi, ne fussent pas bientôt remplis.

L'aigreur de mes expressions, la dureté du ton que j'avois pris, produisirent beaucoup plus d'effet que je n'en attendois.

Nous étions seuls, dans un cabinet écarté. *Lady Vieux-bourg* se trouva mal, & me fit craindre pour sa vie. Je la portai sur un lit de repos, & je me disposois à appeller ses gens; lorsque je m'apperçus que, *Lady Vieux-bourg* me tenoit une main, que je ne pouvois retirer, sans employer la violence. Je crus enfin, qu'elle alloit expirer; & cette idée me fit faire un effort assez grand pour me dégager, & aller sonner ses femmes. Mais ce n'étoit pas pour elles qu'elle s'étoit évanouie. Elle revint à elle-même, en soupirant se mit, sur son séant; puis, avec des yeux égarés, avec une voix foible & sanglotante, elle balbutioit ces mots : ... » Barbare Lord!... » Tu le veux donc?... Tu prétends » que je meure? ... Il faut te satisfaire.... Et je l'ai mérité sans » doute.... Mais, étoit-ce toi, qui » devoit m'en punir? ... «

Ce monologue finissoit, lorsque ses femmes arrivant, elle demanda son flacon, feignit un mal de tête affreux, & les congédia.

J'avois, je l'avouerai, réellement tremblé pour elle; & je n'eus rien de plus pressé que de lui témoigner tous les regrets dont j'étois pénétré.

Je soutenois sa tête; & *Milady*, sensible à l'attendrissement que m'inspiroit sa situation, m'en marquoit sa reconnoissance, & me serroit languissamment les mains....

Parlant peu, ſoupirant beaucoup, fixant ſur moi des yeux que la douleur & l'amour même, en cet inſtant, rendoient intéreſſans; elle acheva (le dirai-je, lecteur!) elle acheva d'exciter plus que ma pitié.... J'expiai donc, ſans m'en être douté, mon injuſtice; & même aſſez pour être convaincu, par le diſcours que me tint *Milady*, qu'elle ceſſoit d'en conſerver aucun reſſentiment. J'ai vû (me diſoit-elle) & je connois votre bon cœur! L'amour ne dépend point de nous. Je vous aimois; vous aimez *Miſs Agnès*; & je ſens trop, que ce qui vient de ſe paſſer, n'eſt que l'effet momentané d'une pitié, que vous pourriez peut-être regretter, ſi vous étiez moins généreux. Je me rends donc juſtice, mon cher *Lord*; & pour ne point vous perdre entiérement, je me ſoumets au plus grand des ſupplices, en conſentant enfin, de bonne foi, à vous ſervir auprès de *Miſs Agnès*. Heureuſe encore, ſi je puis trouver en vous un cœur aſſez reconnoiſſant, pour conſerver le ſouvenir de tout ce que je fais pour lui !

Plus content d'elle, que de moi, je pris congé de *Milady*, bien convaincu de ſa ſincérité, & sûr au moins de n'avoir plus, à l'avenir, à la combattre auprès d'*Agnès*.

L'évanouiſſement, pourtant, vû la façon dont il avoit été guéri, ne s'offroit plus à mon eſprit dans un jour ſi tragique, & me laiſſoit quelque ombre de ſoupçon. Si l'amour-propre m'eût permis de conſulter *Mervill*, il m'eût ſans doute éclairé ſur ce point; & m'eût appris que l'art bien ménagé, peut quelquefois en impoſer à la nature & parvenir à la tromper au point de la forcer à réaliſer des effets dont le principe eſt ſouvent fondé ſur la fauſſeté même. Mais, j'étois deſtiné, ſans doute, à n'être inſtruit qu'à mes dépens.

J'eus pourtant lieu, plus que jamais, de m'applaudir de mes progrès auprès d'*Agnès*. *Lady Vieuxbourg* ſembloit ſe plaire à les favoriſer, & je touchois à l'heureux jour où tous mes vœux alloient être comblés.

La veille même de ce jour; j'avois averti *Milady*, qu'étant engagé par ma tante à la mener le lendemain à l'*Opéra*, je comptois, au retour, venir ſouper avec *Agnès*, & que je me flattois, de n'y trouver aucun *fâcheux*.

Mais quel fut mon étonnement, lorſqu'arrivant chez elle, avec tous les deſirs qu'une ſi longue attente avoit ſi bien eû droit d'enflammer, je ne trouvai que la vieille *Lady!*

Aux termes où nous en étions, je crus pouvoir me plaindre, & ne pas déguiser ce que me faisoit entrevoir un pareil procédé.

Lady Vieux-bourg, quand j'eus fini, me dit qu'*Agnès* étoit incommodée; & que si j'en doutois, j'étois maître de m'en convaincre, au risque de la réveiller, en montant, à l'instant même, à son appartement.

Cette excuse étoit sans replique. Elle me désarma. Le souper, qui suivit, fut assez triste, & l'on pressent qu'il ne put être long.

A l'instant même où je me disposois à fuir, en méditant une mauvaise excuse; une femme de *Milady* vint tirer à part sa maîtresse, & lui parla long-temps, d'un air émû.

Elles étoient dans un coin de

la chambre ; & j'entendois, de temps en temps, quand la voix s'élevoit un peu..... Quelle bassesse d'ame !... Hélas, je m'en étois doutée ; & je n'osois pourtant le croire !... Faut-il donc, que mon devoir me force de vous apprendre ce malheur !

Ç'en étoit plus qu'il n'en falloit pour m'allarmer, & pour presser *Lady Vieux-bourg* de m'éclaircir au plutôt ce mystere.

Ciel ! qu'exigez-vous ? (s'écria-t-elle, en soupirant) faut-il encore me voir forcée de dévoiler ma honte, & l'opprobre de ma maison ?.. Vous le voulez pourtant, *Milord* ?... Eh bien, votre *Agnès* est perdue !... *Agnès* est à jamais déshonorée !...

A ma rougeur, à l'indignation, qui de mon cœur passa sans doute dans mes yeux ; *Milady* présumant que je la ſoupçonnois encore de quelque coupable artifice :

Je vous entends, cruel! (s'écria-t-elle) l'horreur de vos idées eſt trop bien peinte dans vos regards.... Ce dernier trait, manquoit à mon malheur : je perds *Agnès*, & je perds votre eſtime!... Ah, Dieu! que n'eſt-elle innocente?... Ou que ne puis-je encore douter du crime dont *Betty* l'accuſe?... Mais, cette fille oſe en offrir la preuve la plus claire. Oui, mon cher *Lord!* elle ſoutient, elle oſe affirmer, ſur ſa tête, que *Miſs Agnès*, en cet inſtant, eſt dans les bras d'un homme!... Et de quel homme, encore? D'un malheureux, que j'euſſe refuſé pour mon laquais!... Mais, je me flatte encore (dit en ſe levant, *Milady*) que *Betty* peut s'être trompée; & je n'en croirai, que mes yeux. *Bet-*

ty, va revenir ; & l'inſolente périra, pour peu que ſon rapport ſoit faux.

Qu'on ſe figure mon état, pendant cet horrible diſcours ! Les mouvemens tumultueux qui m'agitoient, m'ôtoient la faculté d'articuler aucun propos ſuivi.

Quand la ſuivante reparut.... Malheureuſe ! (lui dis-je, en courant chercher mon épée) hâte-toi de prouver les horreurs que je viens d'entendre ; ou tu vas mourir, de ma main....

Lady Vieux-bourg, épouvantée, en ſe précipitant entre elle & moi, me ſupplia de calmer ce tranſport.... Que ſon rapport ſoit faux, ou vrai, (s'écria-t'elle) au moins, daignez, par un indigne éclat, ne pas rendre public le déshonneur de ma maiſon !

Tandis que ſa maîtreſſe me parloit, *Betty* s'étoit ſauvée, & j'étois retombé dans mon fauteuil, en proie à tous les ſentimens que m'inſpiroient la ſurpriſe & la fureur.

Lady Vieux-bourg, auſſi touchée qu'effrayée de mon état; après un moment de ſilence, qu'interrompoient ſeulement ſes ſanglots.... Je vois (dit-elle) ingrat; je lis dans votre injuſte cœur! Vous me ſoupçonnez d'impoſture; & ce ſoupçon affreux ſuffit pour me réſoudre à conſentir que ce honteux événement ſoit éclairci. Je n'y ſurvivrai point, ſans doute! Mais, peu m'importe; & vous m'êtes encore trop cher, pour que je puiſſe plus longtemps me voir ſuſpecte à l'objet de toute ma tendreſſe.... Accordez-moi ſeulement une grace! (pourſuivit-elle, en tombant à mes pieds.) Si, comme le prétend *Betty*, le crime de ma niece eſt en effet réel ; si vos yeux en sont les témoins ; promettez-moi, jurez-moi, dis-je, par l'honneur, qu'il vous suffira de le voir, sans m'exposer, par vos emportemens, à faire éclater au dehors son opprobre & ma honte ?.. Dès son enfance, élevée sous mes yeux, je suis comptable à ses parens de sa conduite... Ah ! daignez me sauver les reproches injurieux dont je risque d'être accablée !

L'offre, que me faisoit *Lady Vieux-bourg*, me touchoit trop pour être refusée. Je gémissois, pourtant, de me voir au moment d'être convaincu de l'infamie de *Miss Agnès ;* je frémissois, de perdre en un instant tous les plaisirs que je m'étois promis !

J'étois encore irrésolu, lorsque *Betty*, de l'extrémité de l'appartement, fit signe à sa maitresse, qu'elle avoit à lui parler.... Non! (répondit impétueusement *Lady Vieux-bourg*) *Milord* n'est point de trop ici. Justifiez-vous à ses yeux; ne cachez rien; ne craignez rien : parlez.

Alors *Betty*, d'un air aussi tremblant qu'ingénu, nous dit, (sans oser s'approcher) qu'elle avoit depuis long-temps soupçonné *Miss*, d'une secrette intelligence avec un jeune paysan, qui, le printemps dernier, l'amusoit fort à la campagne. Que, depuis peu de jours, ce jeune homme étoit en ville, & qu'il étoit maintenant enfermé dans la chambre de *Miss Agnès*.... Car je l'ai vû; oui, je l'ai vû! (s'écria-t-elle, en soupirant) il est dans son appartement : Que dis-je? Ils sont probablement au lit; car, dès long-temps, leur lumiere est éteinte; & vous pouvez, ainsi que moi, vous en convaincre.

La rage & le regret d'avoir perdu ſi ſottement mon temps, mes peines & mes ſoins, pour un ſi mépriſable objet; tout me déchiroit à la fois, & me livroit au plus cruel ſupplice.

A travers tant de paſſions, la curioſité fut pourtant enfin la plus forte; & je courois pour m'aller aſſurer de mon malheur; quand *Milady*, pâle d'effroi, me ſupplia, preſqu'à genoux, d'avoir égard à ſa priere, & de daigner reſpecter ſa maiſon.

Je le promis, ſans balancer; je lui jurai que je ſerois tranquille, & ne ferois aucun éclat.

Promeſſe, qu'en effet je me ſentois capable de tenir, en partant du mépris que je ſentois déja pour *Miſs Agnès*.

Il étoit deux heures après minuit. Un flambeau à la main, & munie d'un paſſe-par-tout, *Betty* précédoit, & guidoit notre ſilentieuſe marche; tandis que *Milady*, languiſſamment ſuſpendue à mon bras, ſembloit à chaque pas me menacer de ſuccomber au poids de ſa douleur.

Après avoir lentement traverſé tout l'hôtel, nous parvînmes enfin à l'appartement d'*Agnès*.

Lady Vieux-bourg me fit alors appercevoir, ſur un fauteuil, auprès du lit, (car la fureur m'avoit preſque aveuglé!) l'habillement & le chapeau d'un homme.

A cet aſpect, oubliant mes ſermens, j'arrache le flambeau des mains de la ſuivante, & m'approche du lit.

Mais, ciel! quel ſpectacle pour moi? ... *Agnès*, l'aimable *Agnès*, qui juſques-là ne s'étoit offerte à mes yeux que ſous les traits de l'innocence même.... *Agnès*, plongée dans un profond ſommeil, étoit, comme on me l'avoit dit, & preſque nue, entre les bras d'un jeune payſan !

Dieu ! que n'euſſé-je point donné (car on s'étoit auparavant ſaiſi de mon épée) pour pouvoir, ſans trop m'avilir, punir ce malheureux des maux qu'il me cauſoit ſans le ſavoir ?

Lady Vieux-bourg, attentive à mes mouvemens, fit éclater ſon épouvante, en me rappellant ma promeſſe ; & en s'emparant de nouveau de mon bras, m'entraîna hors de la chambre.

Dès que nous fûmes revenus dans celle où nous avions ſoupé ; la Dame, après avoir gémi ſur ſon malheur, voulut me faire convenir que nous avions agi comme il falloit dans une auſſi fatale circonſtance. Elle obſerva, qu'en pareil cas, il n'eſt point de milieu entre la façon dont nous nous étions comportés, & les extrémités les plus cruelles. *Agnès* les méritoit, ſans doute, (ajouta-t-elle) mais vous avez reſpecté ſa parente, vous avez daigné m'immoler le reſſentiment le plus juſte.... & plût au Ciel, que je puſſe, à mon gré, vous témoigner combien mon cœur en eſt reconnoiſſant !

Tout ceci m'intéreſſoit peu. L'affreux tableau que je venois de voir, après m'être un peu recueilli, loin d'augmenter mon indignation, l'avoit parfaitement calmée. La révolution, qui s'étoit faite dans mes idées, paroiſſoit même ſi complette, & le mépris avoit ſi bien éteint mes feux, que, ſans un reſte de dépit, j'aurois volontiers ri de l'aventure.

Quant à *Lady Vieux-bourg*, qui,

qui, pour me retenir encore, s'avisa de me consulter sur la façon dont il lui convenoit d'agir avec *Agnès*. Je suis, lui dis-je, (en la quittant d'un air glacé) très-peu versé dans les matieres de ce genre, & m'en rapporte à votre expérience. Il me suffit de savoir à-peu-près ce que je dois faire; & vous pouvez du moins compter, pour notre intérêt mutuel, sur un silence inviolable de ma part.

Elle me fit savoir, le lendemain, par un billet, que pour nous venger tous les deux, elle avoit fait partir *Agnès*, pour aller expier sa faute au fond des montagnes de *Galles*; & me prioit, en même temps, de ne point l'abandonner elle-même à toute la douleur que lui causoit ce déplorable événement.

Je ne pus le gagner sur moi.

L'arrêt, contr'elle, étoit prononcé dans mon cœur ; & j'appris, six mois après, avec plaisir, à quel point j'avois ici raison.

Lady Vieux-bourg, en mariant *Agnès* avec un Gentilhomme de Province, avoit pensé, qu'en la dotant très-richement, il falloit encore se résoudre à la justifier dans mon esprit. Elle me manda donc, que tout ce que j'avois crû voir d'*Agnès*, & de son prétendu galant, n'étoit qu'une supercherie, qu'un complot concerté entre elle & sa suivante, pour perdre entiéremant dans mon esprit cette innocente créature. Que l'amant, qu'elle avoit dans son lit, étoit une robuste paysanne, élevée avec *Miss Agnès*, & qui venoit, de temps en temps, la voir. Qu'un puissant somnifére, avoit causé & fortifié leur sommeil. Que le reste enfin, étoit tout ſimple ; & que le ſuccès n'avoit que trop prouvé, qu'une intrigue ſi bien conduite, & ſur-tout avec un novice auſſi peu clair-voyant que moi, n'avoit pû que bien réuſſir.

Lady Vieux-bourg, en confiant un tel ſecret à ma diſcrétion, me ſupplioit par l'honneur même, & par l'amour qu'elle avoit eu pour moi, (cauſe unique de ſon for-fait !) de vouloir bien ne pas en abuſer. C'étoit me prendre par mon foible, & *Milady* le ſavoit bien. Libre de paſſion, j'étois trop juſte, & j'oſe ici m'en applaudir, trop généreux, pour me venger de quelque femme que ce fût, en tra-hiſſant jamais ſa confiance.

Fin de la ſeconde Partie.

TABLE
DES CHAPITRES

Contenus dans la ſeconde Partie.

CHAPITRE V.

MISS AGNÈS.

CHAPITRE VI.

CHAPITRE VII.

Fin de la Table.

www.ingramcontent.com/pod-product-compliance
Ingram Content Group UK Ltd.
Pitfield, Milton Keynes, MK11 3LW, UK
UKHW021823190726
13853UKWH00003B/1161

9 782329 578347